脇役 慶次郎覚書

JN031596

一枚看板

部屋に薄闇《うすやみ》がたまってきた。佐七《さしち》は、いつも七つの鐘が鳴る前に行燈《あんどん》へ火を入れる。まだ明るい、まだ大丈夫と思っている時にこそ、ものにつまずいて怪我《けが》をすると言うのである。

その佐七がまだ帰ってこない。森口慶次郎《もりぐちけいじろう》は、手に持った火打石を行燈の横に置いて外へ出た。

南町《みなみまち》奉行所の定町廻《じょうまちまわ》り同心《どうしん》であった慶次郎は、一人娘の死をきっかけに隠居した。娘の夫となる筈《はず》だった岡田晃之助《おかだこうのすけ》を養子にし、一代抱席《いちだいかかえせき》ではあるが、たいていは息子にゆずられる役目を継いでもらったのだった。その後、晃之助が妻帯したのを機に根岸へきた。もう数年前のことになる。寮番となって根岸で暮らすと言った時は、粋狂なことをしてくれるなと、ずいぶん晃之助を怒らせたものだ。

その頃から根岸の日の暮れは早いと思っていた。神田や日本橋などの目抜き通り、浅草、両国などの盛り場にくらべると、根岸は陽射《ひざ》しも明るいかわり、おりてくる闇も濃いような気がするのである。

澄んだ闇が幾重にもかさなって、下谷《したや》へ向う道はその中に吸い込まれていた。定町廻り時代は夜目がきいたものだが、近頃は詰将棋《つめしょうぎ》の本を読むくらいで、目は急速におとろえはじめているのかもしれない。蜀《しょく》の劉備《りゅうび》が髀《ひ》肉《にく》の嘆《たん》をかこったように、慶次郎は溜息《ためいき》をつきながらまばたきをして、時雨岡《しぐれのおか》の方角を眺めた。が、佐七らしい人影はおろか、よく餌《えさ》をねだりにくる野良《の》《ら》犬さえあらわれない。慶次郎は、あらためて溜息をついて家の中へ入った。

居間の行燈に火を入れて、手燭《てしょく》を探す。二つある筈なのだが、見当らない。おそらく、二つとも佐七の部屋にあるのだろう。面倒くさくなり、行燈を持って台所へ行った。

その横手にあるのが佐七の部屋で、始終聞えてくる煎餅《せんべい》の袋を開ける音や、湯を沸《ふっ》騰《とう》させていれた茶をなぜか冷ましてすする音がない。ひえきった台所の板の間《いたま》を歩いて、佐七が洗っていった急須《きゅうす》を探したが見つからなかった。人けのない寒さが身にしみてくるような気がして、慶次郎は居間へ戻った。のどの渇きは、白湯《さゆ》でもおさまる。湯呑《ゆの》みに白湯を入れ、部屋の真中に将棋盤を出した。本を見ながら駒《こま》をならべはじめたが、読んでいる筈の文字が上滑りをして頭へ入ってこない。慶次郎は本を閉じて、まだ熱過ぎる白湯を飲んだ。

今日、昼下がりの八つ過ぎに、島中賢吾《しまなかけんご》と晃之助がたずねてきた。賢吾は、南町で上から二番目に年嵩《としかさ》の定町廻り同心となり、晃之助も一人前以上の同心に成長している。よほどのことがなければ、二人そろってたずねてくるわけはなく、二人の顔にも、寮の持主である霊岸島《れいがんじま》の酒問屋、山口屋から送られてくる酒を飲みにきたのではないと書いてあった。慶次郎は、湯呑みと煎餅の袋を持って部屋へ入ってきた佐七に、少しの間座をはずしてくれと言った。それが面白くなかったらしい。

「どうせ、俺は隅っこにいなければいけない人間だよ」と拗《す》ねて、台所脇《わき》の部屋へ閉じこもり、それでも慶次郎が呼び戻してくれぬとわかると、頬をふくらませて二人の前にあった茶碗《ちゃわん》と急須を下げ、勝手口から出て行ったのだった。

「弱った年寄りだよ、まったく」

山口屋の先代夫婦が亡《な》くなってから、この寮を訪れるのは、三月《みつき》に一度くらいの割合でようすを見にきてくれる大番頭の文五郎《ぶんごろう》と、暮らし向きの金や修繕のための金などを届けにきてくれる小僧だけだったという。が、慶次郎が寮番となってからは始終客がくる。揉《も》め事を表沙汰《おもてざた》にしたくない人達が、つてを頼ってくることもあるし、晃之助や妻の皐月《さつき》がようすを見にきてくれることもある。晃之助が十手《じって》をあずけている辰吉《たつきち》も、相談したいことがあればたずねてくるし、賢吾の配下である弓町《ゆみちょう》の太兵衛《たへえ》が相談にきたこともあった。

口では面倒だの億劫《おっくう》だのと言っているが、慶次郎はむしろ喜んで腰を上げる。じっとしていられない性分は、定町廻り時代に植えつけられたものではなく、生れつきだったのかもしれない。

寮番などもってのほかと、なかなかうなずいてくれなかった山口屋主人の太郎右衛《たろうえ》門《もん》も文五郎も、今では胸を撫《な》でおろしているらしい。根岸へ行きたいと言い出した時の事情が事情であった。一人娘の三千代は、不幸な事件がもとで、みずから命を絶《た》った。その三千代の恋い焦《こ》がれていた若者が晃之助であり、祝言《しゅうげん》を目前にして逝《い》った三千代の胸のうちを思えば、妻を迎える晃之助と一緒には暮らせまい。太郎右衛門も文五郎もそう考えて、慶次郎が読経《どきょう》に明け暮れるような暮らしを望んでいるのではないかと心配したのだそうだ。

が、独り身を通すと言い張っていた晃之助を、ここで森口家を絶やす気かと脅し、皐月を妻とさせたのは、慶次郎だった。それを文五郎が辰吉あたりから耳にして、太郎右衛門に伝えたのかもしれない。「決して喜んで承知するわけではございません」と念をおして、太郎右衛門は慶次郎を『何もしない寮番』にしてくれた。

慶次郎は、かつて文五郎が主人の娘、太郎右衛門には妹に当る女と心中をはかり、川へ身を投げたのを救い上げたことがある。主筋の者との心中はご法度《はっと》である。厳しい処罰が待っているのだが、慶次郎は何事もなかったことにした。当の二人はもとより太郎右衛門夫婦も、命もその後の生涯も救ってもらったといまだに恩に着ていて、慶次郎に手をついてまで頼まれては、かぶりを振りつづけることはできなかったのだろう。

皐月は、何もかも承知の上で嫁いできた。よくできた嫁だと、慶次郎は感心している。その嫁のために、晃之助には三千代を忘れてもらい、仲睦《むつ》まじく暮らしてもらいたかった。が、一方では、皐月との暮らしに慣れてゆく晃之助を見ているのがつらくもあり、三千代の位牌《いはい》に二人を見せたくないとも思うのである。山口屋の寮番は、考えに考えた末の『役職《めした》』であった。

無論、はじめから飯炊きの佐七とうまが合ったわけではない。山口屋は、寮番などとんでもない、長年のお疲れを癒《いや》すためならばお使い下さいと言って寮番となることを承知してくれたのであり、慶次郎が庭掃きをしているところへ手代《てだい》が酒を届けにきて、手代が帰るとすぐに太郎右衛門と文五郎が飛んできたこともある。佐七の愉快であろう筈がない。飯炊きと寮番のちがいはあっても、奉公人は奉公人である。折にふれて山口屋が酒や魚を、それも三度に一度は文五郎が届けにくるだけでも面白くないのに、庭掃きはしなくてもよい、薪割りなどとんでもないと雇い主側が恐縮したのだ。

つむじの曲がるのは当然だったかもしれない。

慶次郎にしても、日がな一日将棋盤と向い合っているよりも、庭掃きのついでにはこべの小さな花を突ついてみたり、どくだみという名に似げない可憐《かれん》な花に感心したりしている方が面白かった。太い薪に向って斧《おの》を振りおろすのは、爽快《そうかい》ですらあった。旦那《だんな》らしいと文五郎は納得してくれたが、太郎右衛門は、いまだに恐縮しているらしい。客の相談にのって気楽に腰を上げるのはよいが、おかしなことに巻き込まれたらどうするのかと、それも気がかりでならぬようだった。

一人、佐七は満足していた。奉公人どうしであって、遠慮をすることは何もない。慶次郎が水を汲《く》み、薪割りをして沸かした風呂《ふろ》に入り、客がくれば煎餅の袋を持って話の仲間に入る。それで丸くおさまるのだが、時には彼の耳には入れられぬ話が持ち込まれることもある。さりげなく寮を出て、時雨岡の不動堂あたりで話を聞くことにはしているのだが、そんな時にかぎって佐七の勘は鋭いのだ。

「また、俺を仲間はずれにしたね」

と、佐七は頰をふくらませる。

「どうせ俺は、いてもいなくてもいい男だからね。役者で言やあ、せりふもなしに、ずらっとならんでいる奴《やつ》だ」

そこから佐七十八番のせりふがはじまるのである。

「ああ、そうだよ、俺がいなくっても芝居の幕は開く。俺は、いてもいなくてもいい役者さ。が、旦那は、昔も今も立役者だ。昔は南町奉行所の一枚看板で、今も役者評判記の客座か何かにのせられるってえお人だよ。ああ、そりゃ言われなくってもわかってる。立役者か、せりふなしの役者か、それは持って生れたものなのかもしれないさ。けどさ、いくら看板役者だからって、せりふなしの役者を舞台の外まで押し出さなくってもよかろうじゃないか」

奉行所に一枚看板も何もありはしない、誰が欠けても御用はつとまらないのだと言っても聞きはしない。今の南町では晃之助が、山口屋では文五郎が立役者、どこにでもそういう役割とそうでない者がいるのだと、訥弁《とつべん》ながら慶次郎に口をはさませずに喋《しゃべ》りつづけるのである。

佐七が客との話に口をはさむのは、決して不愉快ではない。話の仲間に入ってくれる方が有難い時もあるのだが、今日、賢吾と晃之助が持ってきたのは、かつての南町奉行所吟味与力《ぎんみよりき》、下川栄五郎にかかわることだった。その名が出たところで、佐七に聞かせたくない話が出ることは予測がついた。

栄五郎は慶次郎より五つ年上で、とうに隠居をしている。が、築地《つきじ》にしゃれた家を建てて若い女と暮らしていることからもわかる通り、とかくの噂《うわさ》があった与力だった。詮議《せんぎ》が厳しく、捕えられた者がその厳しさから逃れるためにはかなりの金が必要だとか、屋敷にいる女中の一人は彼の思い者であるとか、ごく普通の人間であれば、懸命に噂を打ち消していただろう。

その男が、ふたたび奉行所の話題となっているのだという。北町奉行所で捕えた押込強盗が、昔、南の下川という与力に大金を渡し、遠島を江戸払いにしてもらったことがあると、詮議の間に洩《も》らしたというのである。その時、彼を捕えたのは森口慶次郎であるとも言ったらしい。下川栄五郎につづいて慶次郎の名が出たというので、驚いた賢吾と晃之助が根岸へ飛んできたのだった。

「俺にあやしいところがあったかもしれねえというのかえ。冗談じゃねえ」

「そういうわけではありませんが」

今回、その男を捕えたのは北の定町廻り同心の秋山忠太郎だが、居所をつきとめたのは、大根河岸《だいこんがし》の吉次《きちじ》だった。忠太郎から十手をあずかっている岡っ引で、商人《あきんど》、職人にかかわらず、小さな古傷を見つけ出しては強請《ゆす》っている。当然のことではあるが、嫌われることの多い岡っ引のなかでも、特に嫌われていた。それでも忠太郎が吉次から十手を取り上げないのは、この男だと目星をつけた時の吉次が、相手を尾《つ》けまわし、探りまわって、ついには悲鳴をあげさせるからだろう。嚙《か》みついたら必ず相手を斃《たお》す、蝮《まむし》の綽名《あだな》はこんなところからついたのかもしれず、忠太郎は、この執拗《しつよう》さを買って十手をあずけているにちがいなかった。

この吉次の唯一《ゆいいつ》頭の上がらぬ男が、慶次郎であった。商家を強請っていたのを慶次郎が叱《しか》りつけてから、吉次は慶次郎にさからったことがない。今度のことでも、自分が居所を見つけた男の詮議で慶次郎に迷惑がかかってはと、青くなって賢吾をたずねてきたようだった。

「ばかばかしい」

「と、わたしも晃さんも思ったのですが、その、吉次があんまり心配するので」

と言って、賢吾は口ごもった。

「怒るぜ。俺あ、下川さんでもなけりゃ吉次でもねえ。悪党から金をもらっていりゃ、手前《てめえ》で根岸に寮を建てているよ」

「言われてみれば、その通りです。よけいな心配をいたしました」

これは、佐七に聞かせられない。賢吾と晃之助は安心して帰って行ったが、慶次郎は、下川栄五郎と別のところでかかわりあっていたのである。

　慶次郎は、思い出すことの少なくなった男の姿を脳裡《のうり》に描いてみた。赤ら顔で、目が異様に大きくて、太っていて真冬でも汗をかいていた。不正を働いていると知らされた奉行が注意をあたえようとした時も、自分の詮議に不平を言う者がいたら目の前へ連れてきてくれと、逆に食ってかかったという。実際、彼に罪を減じてもらった男が川崎に根をおろし、施しをするのが楽しみという好々爺《こうこうや》になったという噂もないではないのである。悪党達は無論のこと、なぜか同僚にも配下の者にも好かれていた。

「とんでもない人だったのだがな」

　いやな奴だと言う者はいなかった。隠居所についても、当時こそ「よく平気でいられる」と、なかば呆《あき》れ、なかば感心する者が大勢いたが、今ではいい家だ、しゃれた家だと褒めちぎる人達の出入りが絶えないという。佐七は慶次郎を南町奉行所の一枚看板だと言ったが、或《あ》る意味では下川栄五郎も看板役者だっただろう。

「嫌っている者もいるのだが」

　栄五郎の隠居所をたずねて行く者は多い。それにひきかえ、佐七をたずねてくる者はない。嫌われてはいないのだが、慕ってくる者もいないのだ。

「どういうわけなのかなあ。俺は、七つぁんが好きなのだが」

　慶次郎はもう一度門の外へ出て、わずかな間に闇《やみ》の色が濃くなった道を透かして見た。

人の姿はない。しばらく門前に立っていたが、闇は急激に濃くなって、隣家の庭木のかたちさえ見えなくなった。

慶次郎は、諦《あきら》めて家の中へ戻ろうとした。その足許《あしもと》に、仄白《ほのじろ》いものが落ちた。闇が文字を消していたが、晃之助が帰りがけに渡してくれて、てれかくしに懐《ふところ》へ押し込んだ寄席《よせ》のびらにちがいなかった。


二十六歳の春だった。慶次郎は、丸一年の間行方をくらましていた人殺しの男を捕えたばかりだった。

十五歳で見習い同心となり、二十五歳で父の役目を継いで、直後と言ってもよい時の手柄である。口うるさい臨時廻り同心達は、見所のある奴と言ってくれるようになっていたし、父の代から十手をあずけている老練な岡っ引も、「森口の若旦那」ではなく、「旦那」と呼ぶようになっていた。

嫁いできて二年めの里和《りわ》はまだ病い知らずで、頻繁に訪れる客の応対に明け暮れていたし、隠居した父は盆栽の手入れに、母はそんな父がちらかす松や梅の枝や、鋏《はさみ》を片付けるのにいそがしかった。見習い同心だった島中賢吾は十六歳、この頃から森口さんのようになりたいと言っていた。

慶次郎は、「下川さんをどう思う」と賢吾に尋ねた記憶がある。栄五郎の屋敷へ行く途中だった。賢吾が何と答えたかは覚えていないが、十六歳の若者である。「目にあまる」とか、「意見をする人のいないのが不思議だ」とか、慶次郎が望んだ通りの答えを返してくれたにちがいない。組屋敷の庭に桜を植えている者がいて、道に花びらがこぼれていた。

栄五郎は出かけるところだった。旗本屋敷へ招かれているのだという。奉行所ではないところでお目にかかりたかったのだがと言うと、栄五郎は、「ちょうどいいや」と磊落《らいらく》な口調で言った。

「一緒に行かねえかえ」

大きな目であった。深酒をした翌日のように濁っていたが、視線には、長柄《ながえ》の槍《やり》が突き出されてくるような力があった。

与力や同心は、奉行所という役所にいて御用をつとめる者達であり、奉行は高禄《こうろく》の旗本が任じられて、その期間のみ役目をつとめることになっている。「いわば、よそ者じゃねえか。奉行所のことは俺達の方がよく知っている」とは、栄五郎の口癖だったが、無論、他の与力や同心にもその自負はある。ただ、奉行直属の内与力との摩擦を避けて、黙っているだけだった。それがもどかしいのか、栄五郎は、しばしば「よそ者は黙っていろってんだ」と内与力につっかかり、「お前達も何とか言え」と、奉行をも黙らせた目で仲間の同心達を見据えるのだという。

栄五郎は、慶次郎と賢吾を一瞥《いちべつ》して歩き出した。二人の返事など聞こうともしなかった。一人前になったばかりの定町廻り同心と見習い同心が、南町奉行所のよくない評判を一掃したいと考えていることなど、とうに承知していて、そんなものはわざわざ踏みつぶすまでのこともない、いずれ萎《しお》れてしまうと、思っていたのかもしれなかった。

栄五郎が足をとめたのは、水道橋近くの屋敷の前だった。門番所つきの門構えから見て、一千石くらいの大身にちがいなく、町方が出入りするようなところではなかった。が、道すがら栄五郎が得意げに話したところでは、借金の肩がわりをしてくれる商人の紹介とか中間《ちゅうげん》の喧嘩《けんか》の後始末とか、彼が旗本のために働いてやったことが幾つかあるようだった。玄関で出迎えた用人らしい男の態度もきわめて丁重で、断りもなくついてきた慶次郎と賢吾を、あやしむようすもなかった。

広い座敷には、主人の旗本のほかに、ごく親しいつきあいをしているという武士もいた。栄五郎の挨拶《あいさつ》を聞いていると、その武士とも初対面ではないらしい。

酒が出され、武家のもてなしとは思えぬ贅沢《ぜいたく》な料理が出されて、ついてきたことを後悔している慶次郎に、これからが見せ場だと栄五郎が言った。向い側の唐紙《からかみ》が開いて、義太夫《ぎだゆう》節を語る女と三味線をかかえた女があらわれたのだった。

「語る方は、竹本芝扇《たけもとしせん》というんだ」

栄五郎が囁《ささや》いた。三味線の女は二十《はたち》を過ぎているようだったが、語る方の女は十七か八か、ふっくらとした頬があどけなさを感じさせて、三味線の女にはたっぷりとある色香に乏しかった。

「そのせいかもしれねえが」

と、栄五郎が低声《こごえ》で言った。

「うまいのだが、あまり座敷に呼ばれねえのさ。あとで出てくる竹本桝春《ますはる》の方が、人気はある」

女義太夫は、明和の頃にご法度となった筈《はず》だった。その後にもご法度のお触れが出された記憶があるのだが、出されてしばらくすると、ご禁制はゆるんでしまうのだろう。女義太夫はまず大名屋敷の奥向きへ呼ばれるようになり、今では旗本屋敷へも招かれている。市中では、仕舞屋《しもたや》に人を集め、若い女の語る義太夫節を聞くことが流《は》行《や》っていた。

はじめて聞く女義太夫だった。浄瑠璃《じょうるり》は室町時代に生れた語りもので、かつては昔《むかし》噺《ばなし》を語っていたという。が、次第に男女の情を語るようになり、元禄期に竹本義太夫が登場して、浄瑠璃を義太夫節と呼ぶようになった。面白い、泣けると熱中する人がふえる反面、みだらなものになってしまったと顔をしかめる人もいまだに残っていて、慶次郎の父もその一人だった。ことさらに義太夫節をけなすようなことはなかったが、三味線の稽古《けいこ》をしている娘を見て顔をしかめたことがあり、義太夫節にかぎらず、新内節も嫌いだったのだろう。

三味線が嫌いではない慶次郎である。二十六歳になるまでには、義太夫節も新内節も、一度や二度は聞いたことがあった。ただし、語っていたのは男だった。そのせいか、父が考えているほど淫靡《いんび》なものではないように思えたし、女が語っては面白みが半減するだろうとも思っていた。

が、芝扇の語る浄瑠璃を聞いて、それが間違いであったことを思い知らされた。あどけない顔のどこから出てくるのかと思う響きのある声、情景が目に浮かんでくるような語りのわざ等々、「女が義太夫だと？」と嘲笑《わら》っていた自分が恥ずかしくなった。我に返ると、芝扇はいなかった。語り終えて、すでに別の座敷へ下がっていたのである。

「なかなかいいだろう」

と、栄五郎がふりかえった。慶次郎は、ぼんやりしていたにちがいない表情をひきしめてうなずいた。隣りを見ると、若い賢吾が陶然として、芝扇が姿を消した唐紙を眺めていた。

その唐紙がふたたび開いて、二人めの女義太夫があらわれた。「桝春だ」と、栄五郎が言った。

年齢は、芝扇と同じくらいだろう。が、人形のように整った顔立ちで、聞かせどころでは見台《けんだい》に手をおいて、身をのりだすようにして声をふりしぼる。華奢《きやしや》な軀《からだ》が揺れ、旗本二人は聞き惚《ほ》れているようだったが、栄五郎の言うように、浄瑠璃は芝扇の方がはるかにうまかった。

桝春が大曲を語り終えると、芝扇も姿を見せた。桝春とならんで、あらためて頭を下げ、男達に近づいてくる。酌にきてくれたのだった。桝春は、贔屓《ひいき》客であるらしい旗本の横に坐《すわ》り、栄五郎の前には三味線の女が坐った。顔馴染《かおなじ》みのようだったが、栄五郎は、芝扇に酌をしてもらいたかったらしい。盃《さかずき》を持って、芝扇を目で追っていたが、それに気づかなかったのかどうか、芝扇は慶次郎と賢吾の間に腰をおろした。

「町方の旦那《だんな》？」

と、芝扇は、しなだれかかるような恰好《かっこう》で銚子《ちょうし》を持った。あどけなくて色香に乏しい顔からは想像もできなかったしぐさで、慶次郎は、思わず芝扇の軀を避けて身をよじった。芝扇は、顔に似げない艶《つや》やかな声で笑った。

「よかった、思った通りのお方で。わたし、浄瑠璃を語りながら、ずっと旦那を見ていたんです」

芝扇にうながされて、慶次郎は盃をとった。

「旦那を見込んで、お願いがあるんですけど」

「だめだよ」

賢吾が口をはさんだ。

「森口さんは、きれいな奥方《おくがた》を迎えられたばかりだ」

「ま、こちらの若い旦那は、やきもちをやいて下さるんですか。嬉《うれ》しいこと」

贔屓客と閨《ねや》をともにするという噂《うわさ》はほんとうなのかもしれなかった。色香に乏しいと見えた芝扇の流し目ですら、若い賢吾を黙らせてしまうには充分だった。賢吾は、我が身の煩悩《ぼんのう》を抑え込むのに必死だったにちがいない。

「はじめてお目にかかりましたのに、図々《ずうずう》しい奴《やつ》とお思いかもしれませんけど。相談にのっていただきたいんです。ね、お願い」

「お願いのし甲斐《がい》のない男だよ、俺は」

慶次郎は、かすれた声で答えた。

「定町廻りになって、まだまもないのさ。奉行所にも番屋にも顔はきかないし、きっと役に立てないよ」

「そういうお願いじゃないんです」

栄五郎が、大きな目を芝扇に向け、そのあとで慶次郎を見た。すぐに三味線の女との話をつづけたが、芝扇は早口になった。

「明後日《あさって》の夜、浅草茅町《かやちよう》二丁目にきていただきたいんです。そこの次兵衛《じへえ》さんてお人のうちで、義太夫の会があるんです。今度もわたしは、桝春さんの引き立て役なんですけど」

桝春の浄瑠璃よりはるかによかったと言おうとしたが、栄五郎の目がまた芝扇に向けられた。芝扇は、派手なしぐさで慶次郎に抱きついた。あわてる慶次郎を見て、栄五郎は苦笑したが、口紅がうつりそうなほど近くに寄せられた唇が低声《こごえ》で言った。

「待ってますからね。次兵衛さんのうちは、すぐにわかります」

芝扇が栄五郎の前に坐ると、三味線の女が慶次郎の横へきた。「下川の旦那にやきもちをやかせちゃいけませんよ」と言う。女があごをしゃくってみせた芝扇と栄五郎は、額が触れそうなほど顔を近づけて、低声で話をつづけている。義太夫語りと贔屓客の間柄だけではなさそうだった。妙にのどがかわいて、慶次郎はたてつづけに盃を空《から》にした。

「こちら、お幾つですかえ」と、賢吾に年齢を尋ねている三味線の女の声が耳に入り、慶次郎は我に返った。

芝扇はまだ、額が触れ合うほどの馴々《なれなれ》しさで栄五郎と話している。が、それが何だというのだろう。慶次郎は前の年、文化元年の三月に里和を妻に迎えたばかりだった。華奢な軀つきの女で、これで子供が生めるのだろうかという不安が頭をかすめたが、風邪をひいた舅《しゆうと》の看病をしていても、うつるようなことはなかった。風邪がはかばかしく癒《なお》らなかったことを気にしている父親が、早く孫の顔を――と慶次郎を責めたてるほかは、家に小波《さざなみ》すらたたなかったのである。

里和は、おとなしいのに陽気な感じのする女だった。実家の門前に立っているのを見かけたことのある慶次郎は、自分にはもったいないほどの女だと思っていた。夫婦となってからは、よくぞ里和を許嫁《いいなずけ》としてくれたと両親に感謝していた。

それに、慶次郎が捕えた人殺しの男は、まだ小伝馬町《こでんまちよう》の牢獄《ろうごく》にいるのである。詮議《せんぎ》がはじまって、もし栄五郎が掛りとなってしまったらどうするのか。詮議には掛りのほかに四人の吟味与力が立ち会うため、掛り一人の裁量で刑の重さが変わることはない筈なのだが、すべて金次第という下川栄五郎の一人舞台とならぬとは言えないのだ。

慶次郎は、栄五郎に誘われるまま旗本屋敷にきた。その栄五郎と同じ舞台に引きずり上げられたといっていい。若い賢吾と一緒に栄五郎を糾弾《きゅうだん》するつもりだったのだが、同じ舞台に上がってしまっては役者がちがう。旗本屋敷で一緒に遊び呆《ほう》けたあと、人殺しの吟味がおこなわれ、「いろいろ調べたがな、あいつも可哀《かわい》そうな奴だった」などと言われたなら、どうすればいい。栄五郎は、慶次郎を同じ舞台に上がった人間だと思っている。いつの間にか男の罪は故意の人殺しから不慮の怪我《けが》による死に変わっていて、死罪ではなく、遠島を申し渡されるようになっているかもしれないのである。

「やたら、死罪を申し渡すってえのもな」と金を手渡され、「こんなことをされては困ります」の一言さえ言えずに、栄五郎の脇役《わきやく》となってゆくにちがいなかった。

慶次郎は、まだ夢うつつのような顔をしている賢吾に目配せをした。

「申訳ありません。お先に帰らせていただきたいのですが」

慶次郎は、慶次郎の舞台で活躍したい。屋敷の主人である旗本のそばへ行こうとしていた栄五郎は、あっさり「いいよ」と答えた。どんな用事があったのか、慶次郎などこかまってはいられないといったようすで、旗本へ近づいて行った。

慶次郎は、賢吾をうながして立ち上がった。粘りつくような視線が背にからみつい

て、ふりかえると、芝扇の目があった。「おねがい」というかたちに唇が動いて、芝

扇は両手を合わせてみせた。

その夜からずっと、慶次郎は迷っていた。迷っていたが、どこかで、自分は出かけ

るだろうと思っていたかもしれない。

翌々日、奉行所を出た足は、ひとりでに浅草へ向かった。相談にのってやるのも町

方のつとめだと、しきりに言訳をしていたのは、誰へのものだったのか。

芝扇の言っていた通り、次兵衛の家はすぐにわかった。桝春の名が書かれた提燈《ちょうちん》が

下げられていたのである。

客はほとんどが男で、それもかなりの人数が集まっているようだったが、出入口ま

できて慶次郎はためらった。渋みのきいた黄八丈の着流しに巻羽織《まきばおり》の姿は、誰がどこ

から見ても定町廻り同心だった。着替えをせずにきた迂闊《うかつ》さを、慶次郎は後悔した。

この姿で家の中へ入って行けば、奇異の目にさらされるどころか、「聞きたければ

聞くがいいが、巻羽織でくる奴がいるか」と嘲《あざ》けられるだろう。必ず行くと、約束したわけではなかった。慶次郎は、近くへきたふりをして、次兵衛の家の前を通り過ぎようとした。

「旦那」

聞き覚えのある声が呼びとめた。知らぬ顔もできずにふりかえると、派手な着物を身にまとった芝扇が、勝手口から飛び出してきた。

「そろそろわたしの出番だってのに、旦那がみえなさらないから、どうしたのかと思って顔を出してみたんですよ。わたしの提燈はないけど、桝春さんのが出ているじゃありませんか」

桝春がめあてなのかもしれない。これから次兵衛の家へ入って行こうとする客が、ちらと訝《いぶか》しげな目を向けた。慶次郎は、居たたまれずに踵《きびす》を返そうとした。

「待って下さいまし」

さわりを語っていた時のような声で、芝扇が言った。

「相談にのっていただきたいことが、ほんとにあるんです。留吉《とめきち》を呼んで案内させますから、近くの縄暖簾《なわのれん》で待っていていただけませんか。浄瑠璃も聞いていただきたいけれど、こっちは我慢します」

慶次郎が返事をするより先に、芝扇は勝手口に向って、「留ちゃん」と声を張り上げた。芝扇によく似た下ぶくれの顔の兄か弟があらわれるものと勝手に思っていたが、夕闇《ゆうやみ》の濃くなってきた出入口から顔をのぞかせたのは、小柄で細面《ほそおもて》の若者だった。

「幼馴染《おさななじ》みなんです。荷物を持ってもらったり、お使いをしてもらったり、ずいぶんと助けてもらっています」

留吉は、この年齢の若者にありがちなぞんざいな態度で頭を下げた。が、芝扇の咎《とが》めるような目に気づいたらしく、前髪を剃《そ》り落としたばかりにちがいない月代《さかやき》のあたりを指先でかいて、あらためて頭を下げた。根はいい奴なのだと、慶次郎は思った。

芝扇は二言《ふたこと》三《み》言《こと》、留吉に囁いて、いつのまにか用意していた小さな紙包みを、素早く留吉に渡した。申訳ないというように慶次郎に向って手を合わせ、勝手口の中へ駆け込んで行く。「旦那、こちらへ」と、留吉がませた口調で言って歩き出した。

暮六つの鐘が鳴り出した。花見には少し遅いが、船で夜桜を楽しむのかもしれない。四人連れの男が船宿の船の大きさを話しながら、すれちがって行った。

「そこです」

留吉が指さす先に、古びた掛行燈《かけあんどん》があった。

「次兵衛さんのうちで浄瑠璃の会があると、姉さんは、あそこで飲むんです。軀をこわすからよせと言ってるんですが」

「そんなに飲むのか」

「飲まなければいられないこともあるんですよ」

留吉は、生意気な口調で言って肩をすくめた。ここでよいかと言うように慶次郎を見て、夜になればまだつめたい風を避けるためだろう、きっちりと閉められていた腰高障子を開けた。

おいでなさいませと声を張り上げた小女には、留吉が見えなかったのかもしれない。

「女義太《おんなぎだ》の会にお客をとられちまって」と、言訳のように言った。客は土間の空樽《あきだる》に腰をおろしている二人きりで、衝立《ついたて》で二つに仕切った小上がりの座敷には誰もいない。

「わるかったね」と言いながら障子の陰から出てきた留吉は、慣れたようすで座敷に上がり、鯛《たい》のあらの煮ものとふきのとうの味噌《みそ》あえ、それに酒を頼んだ。

芝扇の軀が心配だと言っていた筈《はず》だが、留吉の飲み方も乱暴だった。酔う味を知らないのかもしれなかった。

「お前《めえ》、幾つだ」と、慶次郎は呆《あき》れて尋ねた。十五——という答えが返ってきた。芝扇は、十八であるという。

「幼馴染みだそうだが」

「というより、姉弟《きょうだい》みたようなものでさ。俺は、姉さんのおっ母さんに育てられました」

本所中ノ郷《ほんじょなかのごう》竹町《たけちょう》の、隣りどうしに生れたのだそうだ。双方とも父親は瓦《かわら》を焼く職人だったが、留吉の母親は、彼が三つの時に他界した。留吉は五つ六つまで、芝扇と父親はちがうが母親は同じなのだと思っていたという。

「ご存じと思いますが、あの辺にゃ瓦焼きの職人が大勢いましてね。俺の親父《おやじ》も姉さんの親父さんもその一人だったんですが、隣りどうし、仲がよくって助かりましたよ」

何たって三つの餓鬼《がき》が、親父が出かけりゃその留守番をするんですからねと言って、留吉は猪口《ちょこ》を一息で空にした。

「これもご存じでしょうが、瓦焼きの職人は、竈《かまど》に火を入れるとうちへ帰れなくなるんで。焼き上がるまで、火の加減を見ていなくってはならないんでさ。ほら、竈のそばに小さな小屋があるでしょう？　あそこに寝泊りするんです」

知らなかった。瓦を焼く職人がいることも、竈のそばに小屋があることも知っていたが、職人達があの粗末な小屋に幾日も寝泊りするなど、想像したこともなかった。

ただ市中見廻りに歩いていりゃいいってものじゃねえな。

「いくら何でも三つの子が一人でいるのは可哀そうだってんで、姉さんのおふくろさんがひきとってくれて、一緒に育ててくれたんでさ」

が、それが仇《あだ》になった。父親が行方知れずとなったのである。

竈に火を入れた留吉の父親のもとへは、芝扇の母親が弁当や着替えを届けに行ってくれた。が、同じように瓦を焼き上げて帰ってきても、芝扇の父親を待っている者はいるが、留吉の父親を待っている者はいない。留吉は芝扇の家にいて、母親や芝扇になつき、父親がむりに連れ帰ろうとすると、泣きわめいて手がつけられなかったという。

「今になってみりゃ、親父は淋《さみ》しかったんでしょうね。そりゃ、いくら姉さんとこの小母《おば》さんが親切だからって、一から十までうちの親父の面倒はみられませんやね。おまけに姉さんの親父は子煩悩《こぼんのう》だったから、姉さんは言うまでもねえことですが、俺も姉さんの親父さんにまとわりついていたし」

留吉の父親は、自分の居所がなくなったような気がしたことだろう。

「瓦が焼き上がっても、親父の奴、うちへ帰ってこなくなっちまったんです。賭場《とば》へ出入りしていたようで、借金取りがくるようになりました。姉さんとこの親父さんやおふくろさんに、留吉の行末《ゆくすえ》を考えろと意見されるのも当り前だったんですが、うるせえと怒るようになって、そのうちにいなくなりました。まったく困った親父で」

留吉は首をすくめておどけてみせ、また酒を飲んだ。

「お前《めえ》も賭場へ出入りしていたな」

「わかりますかえ」

留吉は頭をかいた。

「幾つの時だ」

「十三――だったかな。断っときますが、もう足は洗いましたよ、旦那《だんな》」

この男が十五歳だった。十六の賢吾を、年齢《とし》の割にはしっかりしていると思っていたが、八丁堀の中での〝しっかり〟なのかもしれなかった。

「よけいなことは言うなと言われているんですが。旦那、どうか姉さんの力になってやっておくんなさい。俺からも頼みまさ」

慶次郎は、好物のふきのとうへのばそうとした箸《はし》をとめた。市中見廻りで霜を踏んで、足の指にあかぎれがきれたくらいで、一人前とは言わない、背にあかぎれがきれるほどにならなければだめだという、先輩達の言葉を思い出していたところだった。

「のこのこ出かけてきたが、俺あ、まだまだ一人前の定町廻りじゃねえ。頼りにならねえかもしれねえぜ」

「そういう逃げをうつのは、女義太夫《ぎだゆう》にうつつを抜かしているのを女房に見つかった、入聟《いりむこ》の旦那だけで沢山ですよ。相談だけでもさせてもらえないかと、姉さんは言っているんで。頼むから聞いてやっておくんなさい」

「俺でよけりゃ、いくらでも相談にはのるさ」

「そうこなくっちゃ。姉さんは、頼る人がいないんですよ。小父《おじ》さんはまだ生きているけど寝たり起きたりだし、お師匠さんは、桝春さんばかり可愛《かわい》がってやがるし」

「わからねえな」

と、慶次郎は言った。

「二人の浄瑠璃《じょうるり》を聞かせてもらったが、芝扇の方が格段にうまかった。あの縹緻《きりょう》だから、桝春を素人《しろうと》がちやほやするのは仕方がないが、師匠は芸の上手下手で可愛がるんじゃねえのか」

「ですからさ――」

留吉は言いよどんだあと、たまっていたものを吐き出すように言った。

「桝春さんにゃ、金持の贔屓《ひいき》客が多いんですよ。お座敷のあとまでつきあうお人も一人じゃないし。お師匠さんへの附届も、姉さんよりずっと多いってんで」

慶次郎は、旗本屋敷での桝春を思い出した。大曲を語り終えると、桝春はすぐ、主人の旗本の脇《わき》に坐った。あの旗本も、桝春が座敷に呼ばれて義太夫節を聞かせるだけではない客であるのかもしれなかった。

「姉さんがこねえうちに言っちまおうかな」

「聞いておこう」

「姉さんが、その、下川の旦那の言うことをきいた——いや、会ったのは、俺がばかなことをしたからなんで」

「喧嘩《けんか》か」

「図星。言訳になりますが、姉さんの親父さんが患《わずら》いついてからというもの、姉さんは口べらしにと義太夫節の内弟子になっちまうし、おふくろさんは親父さんの面倒で精いっぱいになっちまうし、つい、むしゃくしゃして。俺の親父の気持が、よくわかりましたよ。妙に淋しくって、悪い遊び仲間と昼も夜も一緒にいるようになっちまいまして」

「いつの話だ」

「去年の春。十四になったばかりでした」

よく見れば、留吉の軀《からだ》は小柄ながらひきしまっている。動きは敏捷《びんしょう》であるにちがいなく、相手に怪我《けが》を負わせたのだろう。知らせをうけた芝扇は青くなって、客から客へとつてを頼り、吟味方の下川栄五郎へ辿《たど》り着いたにちがいない。相手の傷は、刃物を見せて留吉をからかっているうちに、あやまって自分を突いてしまったことになった筈だ。

慶次郎は、深い息を吐いた。栄五郎の詮議《せんぎ》をあれほどうとましいと思っていた自分が、留吉はお咎《とが》めなしの裁きに、ほっとしていたのである。

「こんばんは。うちの留ちゃん、きてる？」

出入口の障子が開いて、鍛えた声と一緒に、つめたい風が飛び込んできた。

留吉は、次兵衛の家へ戻って行った。

芝扇が「いい？」と言うと、縄暖簾《なわのれん》の夫婦は、階段の上がり口に置かれていた下駄《げた》を隅に寄せた。夫婦が寝起きする二階の部屋を貸してもらえるよう、あらかじめ頼んであったらしい。きちんと畳まれて隅に置かれている夜具《やぐ》さえ気にしなければ、よけいな飾りもなく、掃除の行き届いた居心地のよい部屋だった。

「留吉が何か言いました？」

慶次郎は、かぶりを振った。黙って酒を飲んでいた筈はないのだが、芝扇は、留吉から聞いたのと同じことを話した。

井戸で洗ってきたとかで、芝扇の顔に白粉《おしろい》のあとはない。水と風でつめたくなっていたらしい頬や鼻が、長火鉢の炭火に暖められて赤くなり、ただでさえ稚《おさな》く見える顔が、なお子供のように見えた。

「留ちゃんにくらべりゃ、わたしは苦労知らずで育ったようなものですけど、父親が患いついてから、いろんなことがおかしくなっちまって」

義太夫節が好きだったのは父親の方で、芝扇は六つの時から稽古《けいこ》に通わされていたのだという。父親が出入りしている瓦屋の世話だったようだ。

「お蔭《かげ》で、お医者さんに父親を診《み》てもらうこともできるし、留ちゃんを飢死《うえじに》させることもなく、暮らしてこられたんですけど」

芝扇は、長火鉢の銅壺《どうこ》から、先刻、縄暖簾の女将《おかみ》が持ってきてくれたちろりを引き上げながら言った。二つの猪口はまだ盆の上にある。ふいに階下が賑《にぎ》やかになった。桝春の浄瑠璃が終ったのかもしれなかった。縄暖簾の女将は、女義太夫の会が終われば帰り道の寒さをしのごうと酒を飲みに寄る人もいる、今夜は五つ半過ぎまで店を開けていることになるだろうから、ゆっくり部屋を使ってくれと言っていた。

「三、四年前までは、人の前で語るのがいやで、いやで」

「意外だな」

芝扇は、上目遣いに慶次郎を見た。顔立ちは稚かったが、たっぷりとした髱《たぼ》が触れている衿首《えりくび》や、艶《つや》やかに光っているのどのあたりから、十八の娘の匂《にお》いが漂ってきた。

「わたし、子供の頃は人見知りをするたちだったんですけど。こんなことをするようになってから図々《ずうずう》しくなって、はじめてお目にかかった旦那に、お願い——なんて手を合わせることもできるようになっちまって……」

懸命に弁解していたが、自分でもそれがいやになったのだろう。手拭《てぬぐ》いでくるんで持っているちろりを、猪口を持ってくれというように傾けてみせた。慶次郎は猪口をとった。

「そんなことはどうでもいいんですけど——。わたしね、旦那、あれほど嫌いだった浄瑠璃が好きになったんですよ」

「そりゃそうだろう。好きでなけりゃ、ああは語れない」

「有難うございます」

燗《かん》はつき過ぎていた。熱《あち》——と、飲むことも吐き出すこともできぬ酒を口の中で転がして、慶次郎は猪口を盆の上に戻した。上あごのどこかを火傷《やけど》したかもしれなかった。

「あら」

ごめんなさいと言って、芝扇が腰を浮かせた。

「お水をもらってきます」

「いいよ。話を聞いているうちにゃ、酒がさめる」

銅壺の下の炭火に灰をかけていた芝扇は、意識していないのだろうが、また艶めいた上目遣いでちらと慶次郎を見た。生涯面倒をみようと言ってくれる贔屓客があらわれたというのである。二年前のことだったらしい。

男は蔵前の米問屋の若主人で、女房が長患いをしているため、多少の女遊びは父親も番頭も大目に見てくれるのだと言って、てれたように笑ったそうだ。十六の芝扇には、江戸で一番よい人の笑顔に見えた。が、その話にはつづきがあった。

可哀そうだけれども、女房が他界しても後添《のちぞ》いとして家へ迎え入れることはできない。そのかわり、芝扇の望む暮らしをさせてやる。義太夫節に打ち込みたければ打ち込むもよし、猫でも飼ってのんびり暮らしたければ暮らすもよし、好きにすればよい。

札差《ふださし》の後添いになれるとは思わなかったが、それでもはっきりと言われたのは情けなかった。情けなかったが、考えようによれば、甘たるい言葉で気をひこうとする男より、実《じつ》があるのかもしれなかった。迷ったが、芝扇は申出を受けることにした。後楯《うしろだて》になってやろうという男はほかにいないでもなかったが、義太夫節に打ち込みたければ打ち込むがよいと言ってくれたのは、札差の若主人がはじめてだった。

「負けず嫌いのいやな女かもしれませんけれど、わたしは、江戸で一番の女義太夫になりたくなったんです。ええ、今でもなりたいんです。でも、いつも、頭の上に誰かがいる。わたしは二番めなんです」

はじめて大名家の奥向きへ呼ばれたのは、十四の時だった。その頃には、二十二歳になる名人とうたわれた女がいて、芝扇の評判は、まだ子供なのにうまいというものでしかなかった。当時の芝扇は、その評判で充分だった。芝扇は下手だと呼ばれなくなるのはいやだったが、名人のように、大名家から大名家へと飛びまわるようになるのも困る。自分が浄瑠璃を語る時がくるまでの、息の詰まるような思いに耐えきれず、逃げ出したくなったことも一度や二度ではなかったのである。

それが、奥方や姫君や奥女中達が、時には涙を浮かべて聞いてくれるのを見ているうちに、少しずつ変わっていった。浄瑠璃もよいものだと思えるようになり、出番を待つ間の息が詰まるような思いに耐えられるようになったのだった。桝春の名が知られはじめたのは、その頃だった。

桝春は語りも三味線も下手で、早く嫁にいった方がよいとさえ言われていた娘だった。が、名人と呼ばれた女が廻船問屋の後添いとなって義太夫節との縁を切ると、急に名指しで呼ばれるようになった。師匠に顔をしかめさせていた節まわしがいいと言い出す者があらわれたのである。

義太夫節だって、いつも同じじゃつまらねえわな。

そう言う者もふえて、声が出ずに軀を揺する癖さえ、こぼれるような色香があると評判になりはじめたのだった。芝扇のうまさは、その陰に隠れた。

「正直な話、口惜《くや》しくって口惜しくってたまりませんでした。桝春さんよりわたしの方が、ずっとうまいと思っていたんですもの。それを、昔っからの義太夫節と少しも変わらないという、おかしな口実で嫌われて」

「嫌われちゃいねえさ。俺は、この間はじめて女の語る義太夫節を聞いたが、そんな野暮にも、お前《めえ》の浄瑠璃のよさはわかったんだぜ」

「嬉《うれ》しい」

芝扇は、酒を自分の猪口《ちょこ》についで、冷め具合を確かめた。「ぬるくなりましたけど」と言う。慶次郎は、舌で上あごに触れながら猪口を差し出した。

「自分の口から言うのも何ですけど。札差の若旦那は、ちょっぴりわたしに惚《ほ》れてなすったんです」

「そうだろうな」

「でも、わたしは、江戸一番の女義太夫になりたかったんです。桝春さんのついでに呼ばれる女義太夫《おんなぎだ》じゃいやだったんです。若旦那は嫌いじゃなかったけれど、惚れたからではなく、桝春さんを追い抜くために、そばにいてもらわなくてはならないお人でした。若旦那はわたしに惚れてくれなすって、好きなだけ稽古をさせて下すったというのに。だから、罰《ばち》が当りました」

留吉が、喧嘩で相手の男を傷つけたのである。芝扇は蔵前へ走った。

若主人はすぐに会ってくれた。出入りの鳶《とび》の者を呼び、鳶の者からおそらく岡っ引へ話が持ち込まれて、そこで南町の下川栄五郎という名前が出たのだろう。下川という与力に頼めばお解き放ちになるかもしれないと教えてくれたが、若主人がしてくれたのは、そこまでだった。身近に罪を犯す者がいる芝扇とは、つきあいを絶った方がよいと考えたのだろう。

そのあとのことを、芝扇は言わなかった。慶次郎はかぶりを振って、留吉から聞いた光景が脳裡《のうり》に浮かびそうになるのを避けた。

「旦那」

芝扇は、慶次郎が猪口を空にしたのを見て、ちろりを持った。

「これからが、ご相談」

「聞くよ、何でも」

「わたしは、江戸一番の女義太夫になりたいんです。竹本芝扇の一枚看板で、誰かのように見台につかまって声をしぼり出す浄瑠璃ではなしに、お座敷をいっぱいにできる女義太夫になりたいんです」

「なれるさ。お前《めえ》なら、一枚看板で客を呼べる」

「いえ、なれそうもないんです」

「なぜ」

「旦那だってご存じでしょう？　今は、右を向いても左を向いても桝春、桝春です。そのあとには、芝菊《しばぎく》という子が控えている。今年十五で、まだ桝春さんにはかなわないけれど、来年は肩をならべて、再来年《さらいねん》は追い抜くかもしれません。わたしは、ずっと二番めです」

「そんなこたあ、ありゃしねえよ」

芝扇は、ゆっくりと首を左右に振った。

「もしかしたら、これが持って生れた運というものじゃないかと思うんです」

慶次郎も首を左右に振り、その慶次郎に、また芝扇がかぶりを振った。

「だって、ついこの間まで、声の出ない義太夫節が褒められることなんざなかったんですよ。わたしが十三、四の頃は、自分で言うのも何ですけれど、わたしの語るような義太夫節がいいと言われていたんです。それが近頃は、声の出ない方がいいんですもの。声の出ない桝春さんが腰を浮かせて軀を揺さぶると、皆さん、うっとりとしてなさる。声がうわずっても、そこがいいと言いなさる。人気の出てきた芝菊の義太夫も、桝春さんとよく似ているんです」

「いつまでも、そんな義太夫ばかりがもてはやされはしねえさ」

「そうかもしれません」

芝扇は、慶次郎を見て笑った。

「そりゃそうかもしれませんけど、いつかはそうなるって話でございましょう？　その頃のわたしゃ大年増というより年寄りで、誰もふりむいてくれなくなっているかもしれません。いっそ、死んでいりゃいいんですけど」

「つまらねえことを言うんじゃねえ」

「そうでしょうかねえ」

芝扇が口を閉じて、階下の賑わいがよく聞えてきた。芝扇は、手酌の酒を一息に飲んだ。留吉とよく似た飲み方だった。

「わたしは今、十八ですけど、あと三十年もすりゃ、立派なお婆《ばあ》さんでございます」

笑い声が、少し甲高《かんだか》かった。

「その時までに、少しでも陽《ひ》が当りゃいい、少しでも長く陽が当りゃいい、そう思うんです。ええ、桝春なんて女を押しのけて、一度でもいいから、わたしが真先に陽に当りたいんです」

慶次郎は、黙っていた。慶次郎も、栄五郎と同じ舞台には上がるまいと決心した。それは、金まみれになりたくないからだと思っていたが、或《ある》いは栄五郎の陰に入りたくないからだったのではないか。

「でもねえ」

と、芝扇が言った。

「札差の若旦那のお世話になって、何の心配もせずに稽古だけをしたいと考えたのが大間違い、わたしは真冬の、それも夜の明けていない河原で声を張り上げて稽古をした方がいいと、気がついたあげくがこれですよ。いつも二番目の女義太、まとも過ぎる女義太。だから、これがわたしのもって生れた運だと思うんです。それなら、稽古なんざもう沢山、いっそ下川の旦那のお世話になっちまおうかと考えたくもなるじゃありませんか」

とうとう栄五郎の名前が出た。

よせと言ってもらいたいのだとはわかっていた。芝扇の気持は断る方に傾いている。あとは『よせ』という後押しが欲しいだけなのだ。

よせ。

慶次郎は、そう言いかけた。子供のように稚《おさな》い芝扇の顔が、それを待っていた。が、その言葉が慶次郎の口から出ることはなかった。慶次郎は、思わず言葉を飲み込んだ。この稚い顔の女義太夫が、近い将来、最も陽の当る一枚看板になれるとは、誰も保証できない。慶次郎に言えるのは、『なれる筈《はず》』という見込だけなのだ。

芝扇は待っていた。待っていても、慶次郎は「よせ」と言えなかった。待ちかねた芝扇は、「ほんとはいやなんです」と言って、もう一杯、手酌の猪口を空にした。

「いやなのだけど、このままずっと桝春や芝菊の陰になって、お終《しま》いには誰からも見向きもされぬようになっちまうのじゃないか、そう考えるとこわいんです」

芝扇は、盆を押しのけて膝《ひざ》をすすめた。

「旦那。旦那だってお奉行所のお方じゃありませんか。教えておくんなさいまし、お奉行所のお方のお世話になってもいいんでしょうか」

「わからねえ」

と、慶次郎はかすれた声で答えた。

「が、お前《めえ》の心配がもし、札差のように気儘《きまま》な稽古ができるかどうかというのならば、大丈夫だ。下川さんはお前《めえ》の浄瑠璃《じょうるり》を好いているし、金もある」

「そんなこたあ聞いちゃいませんよ」

芝扇の声が尖《とが》った。

「わたしゃ、旦那のお考えをお聞きしたいんです」

慶次郎は口をつぐんだ。わずかな間のことだった。

「一番になってくんねえ」

正直な気持だった。それからは、今まで何も言えなかったのが嘘《うそ》のように、次々と言葉が出た。

「が、これは、俺の考えじゃねえ。頼みだ。きっと一番めの女義太夫になってくんねえ」

「持って生れた運は、二番めなんですよ」

「それなら日本で二番めになりゃあいい。義太夫節は上方生れだ。上方へ行けば、お前《めえ》よりうまい女義太夫が何人もいるにちげえねえ。そこで二番めになりゃ、江戸では一番だ。一枚看板になって、桝春を見返してやりねえ」

芝扇の艶やかな目が慶次郎を見た。

「親父の面倒くれえ、俺でもみられる。お前《めえ》は留吉を連れて、上方へ行ったらどうだ」

芝扇の手が膝に置かれた。慶次郎は、ぎごちないしぐさでその手の上に自分の手を置いた。芝扇は、身じろぎもせずに慶次郎を見つめていた。抱きしめてよいのかどうか、慶次郎にはわからなかった。


晃之助が持ってきたびらには、その竹本芝扇の名が書かれている。芝扇の名を、どこで晃之助は知ったのだろう。

芝扇は、あのあと、ふいに立ち上がって階段を降りて行った。戻ってくる気配はなかった。予測していたことだが、翌日、留吉が芝扇からの手紙を持ってきた。思いのほかに達者な文字で、気持だけいただいたといった意味のことが書かれていた。芝扇の住まいを尋ねたが、留吉は「とんでもない」と笑って教えようとせず、踵《きびす》を返して走って行った。

それからしばらくたって、怒りに顔を赤くした下川栄五郎が屋敷へ飛んできた。海賊橋のたもとへ呼び出され、話を聞いたが、やはり留吉が芝扇からの手紙を栄五郎へ届けたようだった。手紙は無論、世話になることを断るもので、栄五郎は、お前《めえ》の差《さし》金《がね》にちげえねえと、まったくの見当はずれではないことを大声でわめきつづけた。芝扇が上方へ向かったと聞いたのは、その年の九月、女義太夫《ぎだゆう》がふたたびご禁制となってからだった。父親はその前に他界した。留吉はついて行ったようだが、数年前、江戸へ帰ってきた芝扇の、大勢の弟子や供の男の中に留吉の姿はなかったそうだ。風の噂《うわさ》では、大坂で所帯をもったという。

いずれにせよ、昔の話だと思った。

芝扇と縄暖簾《なわのれん》で会ってから数ヶ月たった或る日、里和が、みごもったようだと耳朶《みみたぶ》まで赤くして打ち明けてくれて、翌年の三月、花の咲く頃に女の子が生れた。末長く幸せでいてくれるようにとの願いをこめて、三千代と名づけた娘は、十八でみずから命を絶ち、三千代と年の離れた姉妹のようにも見えた里和は、その前に病いを得て逝《い》った。

三千代が五つの時に出会い、のちになかば強引に十手《じって》をあずけた辰吉は、芝扇が上方へ旅立った頃、まだやぞうをつくって江戸の町を歩いていたかもしれない。太兵衛も、賢吾から十手をあずかるとは、夢にも思っていなかっただろう。辰吉が下っ引として使っている弥五は、生れてもいない筈だ。

ほんとうに、昔の話になった。

が、いつも人の陰にいると嘆いた女義太夫に、日本で二番めになれと言ったことは、今も忘れていない。

ご禁制がゆるみ、寄席《よせ》というものがふえた今、その女義太夫は一枚看板で客を呼べるようで、時には駕籠《かご》で寄席から寄席へ飛びまわっているという。四十の坂はとうに越えている筈だが、芝扇を見た者の話だと、三十を過ぎたばかりの女にしか見えぬそうだ。

あの時、芝扇がふいに席を立ってくれなかったら、俺は、上方までついて行ったかもしれねえな。

それと察した芝扇は、あわてて階段を降りて行ったのだろう。芝扇の好意と、慶次郎は自惚《うぬぼ》れていたのだが。

「昔の話、昔の話」

慶次郎は、びらを丸めて捨てた。

勝手口の戸が開いた。

「何だい、開けっ放しかよ。だから、旦那を一人にさせちゃおけねえんだ」

つまらねえ役どころだと拗《す》ねていた男が、ようやく帰ってきてくれたようだった。

辰吉

隅田堤にはもう、花見客の姿はないそうだ。満開だった桜は、一昨日の雨で散ってしまったのだろう。だから町内の人達と一緒に行けばよかったのだと言いかけたのを、辰吉《たつきち》はあわてて飲み込んだ。

おぶんは、長命寺境内《ちょうめいじけいだい》の山本で買ってきた桜餅《さくらもち》をおたかの位牌《いはい》の前に供え、手を合わせている。

天王町《てんのうちょう》の花見は、七日前だった。この季節にはめずらしい雲一つない晴天で、桜は八分咲き、おっとりとした陽射《ひざ》しにうながされて満開になってゆくのが目に見えるような、近くの八百屋の女房に言わせれば、上々吉《じょうじょうきち》の花見だったらしい。

が、だから一緒に行けばよかったのだと言えば、諍《いさか》いのもとになる。おぶんは、泣き出しそうな顔になって、今日、桜の木の下を歩いて向島《むこうじま》へ行かせてもらっただけでも罰《ばち》が当りそうなのにと言うにちがいなかった。父親の喜平次がこの世に生れたことが間違いで、自分は間違いで生れた男の娘だと思いつづけているのが哀れで、たいがいのことは聞き流している辰吉だが、わけもなく気持がはなやぐ時節にそんなことを言われると、「いつまで引っ籠《こも》っていりゃ気がすむのだ」と、不機嫌な顔をしたくなるのである。

あれからかなりの月日が過ぎているのに、おぶんは、辰吉の家へ掃除と洗濯と夕飯の支度にくるほかは、近くの自分の家に籠って暮らしている。今日、向島へ出かけたのも、辰吉の亡妻、おたかの好物だった桜餅を買ってきてくれと辰吉が頼んだからだった。

花は散りはじめているかもしれないが、天気はよし、川風に吹かれて歩いてくれば少しは気分も晴れ、明るい顔になるだろうと思ったのだが、おぶんは、今朝と同じ顔で戻ってきた。長命寺までの道を、ひたすら急いで往復してきたようだった。

何のために、堤を歩いて行けと言ってやったのか。もっとも帰ってきたおぶんに、まだ花見はできるかとさりげなく尋《たず》ねると、道が花びらで埋まっていてもう花見客はいないという答えが返ってきた。賑《にぎ》やかなところ、人出の多いところを避けたがるおぶんに、人混みの熱気を味わわせてやろうという辰吉のもくろみは、ものの見事にはずれてしまったらしい。残り少なくなった花びらを散らす桜の下を、むしろほっとして歩いて行くおぶんの姿が見えたような気がした。

何を祈っているのか、おぶんは、おたかの位牌にまだ手を合わせている。その後姿がまた細くなっていた。女の目の方が早いと、辰吉は思った。先日、十手《じって》をあずからせてもらっている森口晃之助《もりぐちこうのすけ》の屋敷から帰ってくると、隣家の女房が手招きして、「おぶんさんっていいったっけ、いつもくるお人。あの人、どこか具合がわるいんじゃないのかえ」と、心配そうに言ったのである。

「そんなことはねえさ。あいつは陰気な顔をしているから、そう見えるんだよ」

と、その時は笑ったのだが、これほど痩《や》せてしまうのは、気鬱《きうつ》の病いだけではないような気がしてきた。八丁堀《はっちょうぼり》の名医、庄野玄庵《しょうのげんあん》も、診立《みた》てちがいを決してしないとはいえまい。一月《ひとつき》ほど前、ひきずるようにして玄庵の家へ連れて行き、長い時間をかけて診てもらったのだが、玄庵は、病んでいるのは気持だけだと言った。

「言いにくいことを言わせてもらえば、お前さんと顔を合わせると、おぶんちゃんはいやでも昔を思い出してしまう。が、おぶんちゃんが頼れるのは、お前さんしかいない。そこのところだな」

藪医者《やぶいしゃ》め、何の助けにもならないことを言やあがると、辰吉は思った。が、玄庵はつづけて言った。

「お前さんが、せいぜい能天気《のうてんき》になることだ」

むずかしい注文だった。

辰吉も、昔のことなど忘れてしまいたい。おぶんさえよければ女房にして、近所への挨拶《あいさつ》もすませて、たまには夫婦喧嘩《げんか》もして暮らしたいのである。が、おぶんには、父親の生きていた昔が貼《は》りついている。それを、はがせと言う方がむりだろう。

町内の花見の前日には、いつもと同じ喧嘩をした。おぶんが夕食の支度にきている時に、八百屋の女房が独活《うど》を持ってきてくれたのである。

おぶんは人目につかぬよう苦労しているらしいが、三日に一度は掃除と洗濯にくる女の姿が、近所の人の目に映らぬわけがない。八百屋の女房などは、辰吉を見れば「娘さんのようなおかみさんをもらいなすって」と言う。年齢《とし》をとっている辰吉の方がてれて、一緒になりたいおぶんを近くの家から通わせていると思っているようだった。

花見の前日、おぶんのいることに気づいた八百屋の女房は、気さくに声をかけた。

「明日は、おかみさんも行きなさるんでしょう?」

おぶんは、助けを求めるように辰吉を見て、それから小さくかぶりを振った。八百屋の女房が、辰吉にとめられていると誤解したのも当然だった。

「あら。そんなにおかみさんを一人占めにしなさらなくってもいいじゃありませんか」

辰吉は、花見の日取りがきまった時から、おぶんに仲間へ加わるようにすすめていたのである。すすめても、決して出かけぬだろうとどこかで思っていたような気もするが、そんなところから少しずつつきあいをはじめてくれれば、おぶんも自分も気持が楽になると考えたのも事実だった。

くたびれるから行きたくないと、おぶんは答えた。遊び馴《な》れない者には、花見などくたびれるというのである。

「このうちの掃除なんざ、半月くらいしなくってもいいんだぜ」

と、辰吉は言った。

「くたびれたなら、めしもつくらなくっていい。手前《てめえ》の食う分だけこしらえて、ゆっくりしていなよ」

いじわる――と、おぶんは、べそをかいたような顔になった。

お掃除やご飯の仕度を、わたしがいやがるわけがないでしょう。わたしは、人混みがいやなんです。人の中に入ると、くたびれるんです。親分さんだって、ちゃんとわかっていなさるくせに。

ここ数ヶ月、辰吉を「お前さん」と呼んでいたのが、親分さんに戻っていた。

おぶんは人見知りをするのだなどと、適当なことを言って八百屋の女房を帰したあと、むだだとは思ったが、辰吉はもう一度、花見に行くことをすすめた。隣家の女房も八百屋の女房も、おぶんに好意を持っている。陰気な顔をしているのは、辰吉が外へ出そうとしないので気持が塞《ふさ》いでいるのだろうと、勝手な解釈をしているらしい。おぶんを外へ連れ出して、塞いでいる気持を晴らしてやりたい親切心と、辰吉との暮らしについても聞いてみたい好奇心とでいっぱいの人達にかこまれれば、おぶんも父親の記憶に悩まされてばかりはいられない筈《はず》だった。

「引っ籠ってばかりいねえで、少しはご近所の人とつきあってみねえな。俺はこの通りの稼業《かぎよう》で、下手《へた》をすりゃみんなから嫌われる。お前《めえ》がご近所とつきあってくれると、俺が助かるんだよ」

「顔を合わせちまった時は、ちゃんとご挨拶していますけれど」

「だからさ。もっと仲よくしてくれと言ったらいいのかな、ご近所は、お前《めえ》が俺の女房だと思ってるんだ」

「ごめんなさい、ご迷惑をおかけして」

「そんなことを言ってるんじゃねえ。ついでだから言うが、俺はお前《めえ》と親子ほども年齢《とし》がちがう。どう考えたって、俺が先にあの世へ行っちまうんだぜ。一人っきりにならねえようお前《めえ》さえいやじゃなかったら所帯をもって、子供を……」

「いや。それだけはできないって言ったじゃありませんか」

「俺あ、お前《めえ》が死ぬまで面倒をみられねえんだぜ」

「罪人より罪深い男の孫なんぞを生んじまったら、その子が可哀《かわい》そうじゃありませんか」

「一生、そんなことを言っている気か」

おぶんはそこで泣き出した。辰吉は、力まかせに戸を閉めて外へ出た。自身番屋へでも行くつもりだったが、番屋の当番の方が辰吉を呼びにきた。花見帰りの酔っ払いが、くだを巻いているというのだった。番屋へ駆けつけて、十手で酔いが醒《さ》めたらしい男を追い出して、家へ戻るともうおぶんの姿はなかった。

翌日、辰吉は家を明けた。空家である筈の家に人の気配がするという知らせがあったためで、下っ引を使えばすむことだったが、家にいることができなかった。

家にいれば、おぶんと顔を合わせることになる。おとなげないとは思ったが、おぶんと顔を合わせると、能天気になるどころか、おぶんの父、喜平次を思い出して、腹が立ってきそうだった。

が、喜平次がどれほど悪党でも、娘のおぶんに罪はない。喜平次がこの世に生れてきたのが間違い、喜平次が生れなければ、わたしも生れずにすんだと嘆いているのを聞けば、お前は喜平次の娘ではない、俺の女房だと言って抱きしめてやりたくなる。

空家の見張りを下っ引と交替し、家に戻ってくると、おぶんがおたかの位牌に線香をあげていた。おたかを忘れることなど辰吉にはできないし、そんなむりをすれば、おぶんとの間に、ぎくしゃくするものができてしまうかもしれない。

長命寺の桜餅がおたかの好物であったと言うと、おぶんはすぐに「買ってきましょうか」と言った。「お前《めえ》も食べたいんだろう」とからかうと、首をすくめて笑った。こんなところから、能天気になればよいのかもしれなかった。

位牌に手を合わせていたおぶんが、ようやく立ち上がった。茶をいれるつもりのようだった。

邪魔してもいいかなと言う声に、おすまは顔を上げた。天王町の岡っ引、辰吉が垣根の向うに立っていた。

「どうぞ、どうぞ」

おすまは、膝《ひざ》の上にひろげていた仕立て直しの紬《つむぎ》をざっとたたみ、針箱と一緒に部屋の中へ入れた。縁側には、いつもより早く桜を散らせてしまった陽がいっぱいに射している。垣根の槙《まき》にも、新芽の浅い緑が目立つようになってきた。

辰吉が庭へまわってくる間に、火鉢から火種を掘り起こす。何気なく火箸《ひばし》を短かく持った手に、炭火が熱く感じられた。そういえばこの二、三日、賃仕事の仕立て直しをする手を火鉢で暖めたのは、夜更《よふ》けとなってからだった。

「さて——と。甘いものを食べなさらない親分のお茶うけには、いつも困っちまう」

「茶なんざいらねえよ」

「お酒?」

冗談で言ったのだが、「ああ」という答えが返ってきた。

酒も、ないではない。このところ、おすまは酒の力を借りて眠っている。が、いつ番屋から呼び出しがくるかもしれぬ岡っ引が、昼間から酒のにおいをさせてはいられないだろう。漬物を茶うけにしようと思ったが、顔をしかめてまぶしい陽射しを眺め、表情を読まれまいとしている辰吉を見て、台所へ立って行った。

片口に酒をあけ、その酒を湯呑《ゆの》みにつぐ。漬物が、茶うけではなく酒の肴《さかな》となった。

一口飲んで、辰吉は、「うめえ」と言った。が、それきりで、おすまがいることも忘れたように、今度は湯呑みの中の酒を眺めている。すぐに喋《しゃべ》り出すまいとは思っていたが、少し黙っている時間が長過ぎた。

「何なのさ」

たまりかねて、おすまは言った。辰吉とは、おたかが生きている頃から往《ゆ》き来《き》がある。当時はおすまにも亭主がいて、おすまがおたかや辰吉に、まったく働こうとしない亭主の愚痴をこぼしていたものだ。

「あの人のこと？」

辰吉が、酒を一息に飲み干した。

辰吉におぶんという女のいることは、少し前から知っていた。可愛《かわい》い顔をしているが、陰気な感じがする若い女だった。おたかを知っているおすまには、辰吉らしくもなく妙な女を好きになったと思えたが、つい先日、相談したいことがあると言ってたずねてきた辰吉から、おぶんの素性を聞いて納得した。陰気な若い女と、半分一緒に暮らしているのは、いかにも辰吉らしかった。

かつて辰吉は、南町奉行所の定町廻《じょうまちまわ》り同心《どうしん》、森口慶次郎から十手をあずかっていた。おたかが生きていた頃の辰吉は、町方も岡っ引も嫌いだった筈である。十三、四の頃から悪い仲間に入っていたという男が、十手を持っている人達を好きになるわけがない。が、辰吉は、慶次郎から手札《てふだ》をもらい、十手をあずかって岡っ引となった。当時の辰吉の口癖は、「森口の旦那《だんな》には大恩がある」だった。

おたかは、辰吉と知り合う前につきまとわれていた男に殺された。それを知って、辰吉は姿を消した。おたかの仇討《あだうち》をするつもりで、男を探しまわっていたのである。

男を見つけたのは、浅草田圃《あさくさたんぼ》であったという。が、偶然その男を追っていた慶次郎は、岡っ引に男を捕えさせ、自分は、匕首《あいくち》を懐《ふところ》にのんでいた辰吉を抱きとめた。

「あんな奴《やつ》の命を救ってどうすると、その時は旦那を恨んだが、実は、俺の命を助けてくれなすったんだよ。あんな奴でも、殺せば死罪になった」

死罪になってもいいから亭主の団蔵《だんぞう》を殺してやりたいと、あの頃のおすまはいつも思っていた。

所帯をもった時の団蔵は、季節のものを売る行商人だったのだが、足に怪我《けが》をしたのを機に仕事をやめた。なまじ、おすまに仕立て直しという内職があったのも、いけなかったのかもしれない。軽い怪我で、すぐに癒《なお》ったにもかかわらず、団蔵は、朝から酒を飲んでは乱暴を働くようになった。

おすまは、たまらずに逃げ出した。逃げ出したが、どこへ逃げても執拗《しつよう》に追いかけてくる。針売りや糸屋から居所を探り当てたと聞き、料理屋で働いたこともあったが、同じことだった。突然目の前にあらわれて、そばに人がいようがいまいがかまわずに連れ戻し、殴る蹴《け》るの乱暴を働くのである。酔って眠っている団蔵の首に腰紐《こしひも》を巻きつけたことも、一度や二度ではなかった。

ただ、その紐を思いきり引くことはどうしてもできなかった。鶴吉《つるきち》という男の子が生れていたのである。

おすまが紐を引けば、鶴吉の父親はいなくなる。その上、母親のおすまは、亭主殺しの下手人として死罪になる。誰が鶴吉を育ててくれるのか。

鶴吉は、亭主を殺して死罪になるくらいなら、俺を生んでくれるなと母親のおすまを恨むだろう。いや、母親を恨むことを知る前に、どれくらい苦労をすることか。何の罪もないこの子に苦労はさせられない。自分さえ辛抱すりゃあいい。わるいのは、わたしだ。赤ん坊が泣くのは母親のせいだと言っては殴り、博奕《ばくち》の借金が払えないと言っては手当り次第に物を投げるような男を、お前の父親にしてしまったわたしが、みんなわるいのだ。

さからわなくなったおすまがなお苛立《いらだ》たしかったのか、団蔵の乱暴は激しくなった。それを風の噂《うわさ》で知ったのかもしれない。岡っ引となった辰吉が、十手をちらつかせながらたずねてきてくれたのである。

亭主が女房に何をしようと勝手だと言い張る団蔵に、辰吉は、「それでも殺しゃあ死罪になるぜ」と言った。

「死罪になる前に、別れたらどうだ」

「いやだ。岡っ引風情《ふぜい》が何を言やあがる」

「何の罪もねえ女房に大怪我を負わせたと、たった今、しょっ引《ぴ》いてもいいんだぜ」

おすまの軀《からだ》には青痣《あおあざ》ができていた。が、団蔵は、天井を見上げてうそぶいた。

「しょっ引けるものなら、しょっ引いてみな。おすまに気があったから、そんなことを言いにきたのだろうが、不義密通はご法度《はっと》だぜ」

自分一人では手に負えぬと思ったのだろう。辰吉は、森口慶次郎を連れてきた。慶次郎に離縁状を書けと言われ、しぶしぶうなずいた団蔵は、その後、慶次郎に仕事の世話までしてもらったという。言うまでもなく長つづきはしなかったようで、三十を過ぎた後家《ごけ》と所帯をもったとも聞いたが、その後のことはよくわからない。辰吉から一度だけ、「何とかやっている」という消息を聞いたことがある。

慶次郎はおすまにとっても恩人だったが、その恩人の娘がみずから命を絶《た》ったのは、もう何年前のことになるだろう。三千代という慶次郎の娘は、悪党に騙《だま》されて空家へひきずり込まれたと聞いた。おぶんは、その悪党の子だというのである。

それだけではない。辰吉が四国順礼の旅に出たことは知っていたが、それもおぶんの父親ゆえであったという。それは、先日の話ではじめて知った。おぶんの父親が、慶次郎の親しい友人であるらしい古道具屋の娘と、今は古道具屋の養子となっている若者の母親が、刺しちがえて死ぬという原因となったらしい。おぶんは、父親を連れて四国順礼の旅に出た。辰吉は、おぶんが父親の命を奪ってしまうのではないかと心配になって、あとを追って行ったのだそうだ。

「じれったいねえ。所帯をもつなら、さっさともつがいいじゃないか」

苦労して育てた鶴吉は、博奕打の父親を持つ娘に惚《ほ》れて、喧嘩《けんか》に巻き込まれて他界した。そんな娘と一緒になれば、お前にも災難がふりかかると、おすまは所帯をもつことを許さなかったのだが、許していれば、父親が娘との縁を切ってくれたかもしれない。鶴吉が娘に会いたい一心で父親の家に行くこともなく、喧嘩に巻き込まれることもなかったかもしれないのだ。

「こうと思った時に所帯をもたないと、あとで後悔するよ」

「そう簡単に言うねえ」

辰吉は苦い笑いを浮かべた。

「俺がその気になっても、あっちがその気にならねえのよ」

「でも、あの人が辰つぁんを嫌ってるとは思えないけど」

「俺もそう思う」

「何を言ってるんだろうね、この人は」

「俺が、俺に寄りかかりたいおぶんを、どこかで押し返しているような気がするんだよ」

　と、辰吉は言った。

「四国から帰ってきたあと、ずっと思っていたおぶんの父親は死んだ。死んだ者をわるく言ってはいけないが、父親がいなくなって、おぶんの胸のうちも少しは軽くなった筈《はず》だ。だから、俺が、強引に女房にしちまえばいいんだろうが、できねえんだよ」

「辰つぁんは、まじめだから」

　おすまはからかったつもりなのだが、辰吉は、「夢を見たんだよ」と真顔で言った。

「独り暮らしをしている夢だ。心配事がなくなって、清々《せいせい》したような気分で、晃之助旦那のお供をして歩いているんだ」

　おすまは、辰吉から目をそらせた。近くの寺院の桜だろう、淡い色のひとひらが、縁側に腰をおろしている辰吉のすぐそばに降ってきた。昨日のひとひらで終りだろうと思っていたのだが、薄緑色の葉におおわれてきた枝のどこかで、まだひっそりと咲いていたらしい。おすまが花びらをとろうとして手をのばすと、辰吉が驚いたように躯《からだ》をずらした。

「何だよ、それは」

　おすまに睨《にら》まれて、辰吉は顔を赤くした。

「辰つぁんって、昔っから何でもわたしに相談する」

「そうかな」

「おたかさんもそう言って、口惜《くや》しがってなすったんだから。夫婦《めおと》だってのに、わたしにゃ何にも相談してくれないって」

「そりゃ、おすまさんの方が話しやすいから……」

「有難うございますって、お礼を言いたいところだけど。相談しやすいってのは、惚れてないからでしょ？」

ばかを言うぜと笑ったが、辰吉はうろたえている。

「だったら惚れてる？　わたしに」

「どうかしてるぜ、まったく」

「惚れてる人にゃ心配させたくない、惚れてないわたしにゃ心配をさせてもいいってんでしょう？」

「いやにからむじゃねえか」

「いいんですよ、あわてなくっても」

おすまは、立ち上がりかけた辰吉を見て笑った。

「わたしだって、惚れられちゃ困るもの」

辰吉は、縁側へ坐《すわ》りなおした。

「お酒、もう一杯飲みなさる？」

「いいよ。こういう時にかぎって、晃之助旦那から呼び出しがくるから」

「それじゃ、ほんの少し」

辰吉の手の中にあった湯呑みをとる。辰吉は、さからわなかった。

「何でもかでも、おぶんさんに言っちまいなさいな」

辰吉は答えない。おそらく、「お前《めえ》には何の罪もねえのだから」「お前《めえ》が親父《おやじ》の罪を背負うことはねえ」、だから「所帯をもとう」と幾度も言っているのだろう。

「何があったのか知らないけどさ、辰つぁんがそんな陰気な顔をなすってたら、あの人――いえ、おぶんさんが、なおのこと陰気になりなさるでしょうに」

返事はない。

「陰気な顔をしていると、陰気なことばっかりが寄ってきますよ」

湯呑みに半分ほどの酒をついで、辰吉の前へ持って行く。辰吉は、にやりと笑って湯呑みを受け取った。これで少くとも四、五日は、辰吉が眉根《まゆね》を寄せていることはなさそうだった。

陰気な顔をしていると、陰気なことばかり寄ってくる。

一昨日、自分が辰吉に言った言葉だった。

が、鏡に映っている自分の顔は、泣き明かした目が赤く腫《は》れ、一晩で目尻《めじり》や口許《くちもと》の皺《しわ》がふえて、醜くさえ見える。陰気なことばかり寄ってくるなら寄ってくるがいいじゃないか、そう呟《つぶや》いて、おすまは鏡を閉じた。

はじめから、むりな恋であるとはわかっていた。秀五郎《しゅうごろう》には女房も子供もいたし、借金もあった。女房のせいでしなければならなかった借金だとはいえ、女房の兄の世話で借りることができたのであれば、おいそれと離縁状は書けないだろう。

わたしがわるかったと、秀五郎は、昨日寄越した手紙に書いてきた。気持のままに会い、行末《ゆくすえ》を約束するのは、女房との縁を切ってからにすべきだった。すべて、わたしがわるい。この通り、あやまる。気のすむようにするから、どんなことでも言ってくれ。

長い手紙だった。秀五郎は繰返し詫《わ》びていて、意にそまぬ選択をしたことはよくわかった。

が、それがわかったところで何になるだろう。どれほど詫びてくれようと、秀五郎がどんなにつらい思いをしていようと、これから先は会えぬという結果に変わりはないのである。おすまの気のすむようにしてくれるというのなら、役者にいれあげて借金をつくった女房など、すぐに離縁してもらいたかった。

秀五郎と糸屋の店先で顔を合わせたのは、四年も前のことになる。それから幾度か偶然に出会い、糸屋で夕立にあって雨宿りをさせてもらったことから親しくなった。

おすまは、鶴吉を失った淋《さみ》しさに耐えられなくなっていた時だった。辰吉も、一度に二十歳も年をとったようなおすまに驚いて、しばしばようすを見にきてくれた。が、ちょうど古道具屋の娘がおぶんの父親に騙されて、彼を入聟《いりむこ》にするという騒ぎが起こっていた時だった。すでに慶次郎は隠居の身となっていたが、古道具屋の頼みもあったのだろう。おぶんの父、喜平次の動きを追っていたようで、辰吉は慶次郎とおぶんの間に立つというより、おぶん寄りにいて、慶次郎に配慮を願っていたようだった。これも辰吉らしいといえばいえるのだが、父親が慶次郎の娘を犯し、自害させたと知ってしまった当時十三歳のおぶんを、それ以来、陰になり日向《ひなた》になりして面倒をみてきたのである。辰吉が時折、おすまの話よりおぶんの方が気になったとしても、それは仕方がないだろう。

おすまは、時刻を忘れるほど熱心に身の上話を聞いてくれる人が欲しかった。誰よりも自分に関心を持ってくれる人にいてもらいたかった。そんな時に、秀五郎があらわれたのである。秀五郎は、おすまの身の上に同情してくれて、それからまもなく秀五郎も、悩まされつづけている女房の素行《そこう》を打ち明けた。

別れたいのだと、秀五郎は言った。女房は役者に恋い焦《こ》がれ、その歓心を買おうと、高利の金にまで手を出したというのである。「高利貸に返済を迫られていた時は、地獄だったよ」と、秀五郎は言った。義兄に助けてもらってその苦しみからは逃れられたが、女房はまだ役者に焦がれているというのである。

おすまは、身寄りのない独り身《ひとりみ》だった。おすまも秀五郎も、ひそかに会っている時だけが気持のやすらぐ時だった。が、おすまは時折、秀五郎の腕の中でじれた。そんな女房を秀五郎が離縁しても、非難の声はどこからも出ない筈なのである。

一緒になりたかった。なりたかったが、多分むりだろうとも思った。秀五郎は、芝日影町の古着屋で、番頭一人、手代《てだい》二人をおいて手堅い商売をしている。離縁をした、素性もよくわからない女を後添《のちぞ》いにしたなどという噂は、決してたてられたくない筈だった。

それでも一度だけ、三行半《みくだりはん》を渡そうと思うと言ったことがある。女房が役者へ渡す金を、高利で借りたとわかった時だった。

夢を見なければよかったと思う。

手堅い商売をしていると言っても、大きくふくれあがっていた借金を、古着屋に返せるわけがない。自分の身内を走りまわり、冗談じゃないと断られて、最後に頼ったのが、小間物《こまもの》問屋をいとなんでいる女房の兄だった。「すまない」と、小間物問屋の主人は、秀五郎の前に手をついて詫びたそうだ。自分の妹がそんなことをしていたのかと思うと、顔から火が出るように恥ずかしい。金は無利息でお貸しする。妹も、わたしに遠慮せず離縁してしまってくれ。

そう言われて、はい、そうですかと離縁できるような秀五郎ではない。第一、はい、そうですかと言う秀五郎であれば、おすまがこれほどまで惚れなかったかもしれなかった。

古着屋の手代がたずねてきた時に、秀五郎が出した答えはわかっていた筈であった。わかっていた筈なのに、なぜ手代を部屋へ上げたのだろう、なぜ部屋に上げて、手代の差し出す手紙を受け取ったのだろう。

突き返しもせずに、その手紙を手代の帰ったあとで握りしめて、「秀五郎のばかやろう」とわめいて、それでも足りずに火にくべた。

何だって辰つぁんには二人も大事にしたい人があらわれて、わたしは亭主から逃げ出したり、亭主にしたい男に背を向けたりされるんだよ。

秀五郎の大ばかやろう。亭主を放り出して役者狂いをして、金が欲しいと役者が言ったからと高利の金を借りる女房のどこがいい。女房の兄に義理があるからといって、離縁もせずにいたら、女房はいい気になって、このまま役者に血道を上げているにちがいないんだ。

何が不惑を過ぎた男の分別だ。何が暖簾《のれん》をおろさずにすんだ大恩だ、何がその恩人への義理だ、女房へ離縁を言い渡す勇気がなかっただけではないか。むりな恋路と自分に言い聞かせながら、一緒になれるかもしれないと、ふっと思ってしまったわたしをどうしてくれる。この人が亭主と、辰吉にみせびらかしてやりたい気持の始末をどうつけてくれる。

「辰吉のばかやろう」

自分でも思いがけない言葉が飛び出した。が、考えてみれば、鶴吉が死んだ時、辰吉がもっと親身に相談にのってくれれば、秀五郎に身の上を打ち明けることはなかったのである。

「何が独り身になった夢を見る——だ」

おたかが他界したあと、しょんぼりしてたずねてくると思っていれば、おぶんなんて娘を見つけやがって。またわたしが一人になっちまったのも、半分くらいは辰吉のせいだ。

おすまは、鏡の前に坐った。吊《つ》り上がっていた目尻に掌《てのひら》を当て、しばらく目をつむって気持を落着かせた。それから、もう一度鏡を見る。いつものおすまの顔に戻っていた。

おすまは、大事にしている紬《つむぎ》の着物に着替えて天王町へ向った。

出かけたついでに立ち寄った風をよそおっているのだろうが、おすまの笑い顔は口許がひきつれている。辰吉は、おぶんを家に帰した。

「あら、遠慮をする間柄でもないのに」

などと言っているが、茶の間へ戻った辰吉が「何事だえ」と尋ねたとたん、息もつかずに喋《しゃべ》り出した。古着屋の主人とのことだった。

おすまが言うことにも一理ある。秀五郎という男が離縁を諦《あきら》めても、よいことは何もない。女房はさすがに手をついて詫びたそうだが、恋い焦がれた役者を忘れることも、諦めることもできずにいるらしい。何がきっかけとなって、また闇《やみ》の道へ迷い込むかわからないのである。

表通りの小間物問屋が、娘の許婚者《いいなずけ》に日影町の古着屋を選ぶ筈はなく、秀五郎とその女房は、おそらく周囲の反対を押しきって一緒になったのだろう。どういうことがあったにせよ、小間物問屋の夫婦が最後には娘の頼みにうなずいてしまったことをみれば、秀五郎の女房となったその娘が、我儘《わがまま》いっぱいに育てられていたのだろうことも想像がつく。が、女房になって、娘は、それまでのようには我儘が通らないことに気がついた。我儘のかわりに芝居へ通い、役者に惹《ひ》かれ、その気持を抑える分別もなく突きすすんでしまった。秀五郎が離縁を考えたのもむりはない。

が、秀五郎は、おすまと別れる方を選んだ。おすまには気の毒だが、秀五郎が、どうしようもない女でも女房と暮らすと決めた以上、おすまが何を言おうともとの間柄には戻らないのではないか。

辰吉は、湯吞《ゆの》みに残っていたぬるい茶を飲んだ。

「何とか言っておくんなさいな」

親分――と、おすまは言った。

「わたしゃ、親分に相談にきたんだから」

辰吉は湯呑みを傾けて、わずかに残っていた茶をすすった。茶の葉が口の中へ入ってきた。

「怒るなよ」

おすまの頰がひきつれた。いい加減なことを言って、おすまを宥《なだ》めてやろうかと思ったが、どう言えばおすまの気持がおさまるのかわからない。おすまは、懸命に平静をよそおって、どうぞと言っている。いい加減なことを言うのは、おすまの悲しみを長びかせるだけかもしれなかった。

「お前《めえ》が言うほど秀五郎さんが不幸せになるとは、俺にゃ思えねえのよ」

おすまの顔色が変わった。瞼《まぶた》の下も痙攣《けいれん》している。辰吉は、自分の考えを正直に言ったことを後悔した。

「それじゃ何かえ、秀五郎さんはおかみさんを好いていなすった、わたしとのことは遊びだったとでも言うつもりかえ」

「そんなこたあ言っちゃいねえ。が、秀五郎さんは、考えに考えてこの手紙を書いた。考えに考えて、この女房がそばにいては古着屋の暖簾もおろすことになる、終《しめ》えにゃ路頭に迷うことになるという話になったら、お前《めえ》んとこにこんな手紙を寄越すわけがねえだろうが」

役者にとって、秀五郎の女房は大事な贔屓《ひいき》客である。女房の言いなりになってくれただろうし、やさしく接してもくれただろう。それが嬉《うれ》しくて夢中になって、高利の金にまで手を出した女房は、確かにうんざりするほどの愚か者だ。が、うんざりするほどの愚か者だからこそ、そばにいてやらなければと思うこともある。

「親分さんらしいや」

おすまは、低い声で笑った。

「親分さんは、自分の気持しか見ていなさらない。たいして好きじゃない女のことなんざ、どうでもいいんだね。よくわかったよ」

辰吉は黙っていた。さほど驚かなかったのは、おすまがそう言い出すかもしれないと、どこかで思っていたせいだろう。

「鶴吉が死んで、わたしが毎晩泣いていた時だって、親分さんは、親分さんが好いてなさるおぶんという娘のことしか頭になかったんだ」

「そんなことはねえ」

と、辰吉は言った。情けなくなるくらいの小さな声だった。

おすまが泣き暮らしていたことは知っていた。団蔵と別れてからのおすまは、少し離れてやれと言いたくなるほど、一にも二にも鶴吉だった。鶴吉が風邪《かぜ》をひいた、鶴吉の帰りが遅い、鶴吉は卵が嫌いだ、そんな話を幾度聞かされたことか。

その鶴吉が、ふいにあの世へ行ってしまったのである。軀《からだ》を流れる血も涙となったくらい、おすまは泣いていたにちがいない。いつたずねて行ってもおすまの目が赤く腫《は》れていなかったことはなく、会うたびに白髪がふえていた。

可哀《かわい》そうだと思わなかったわけではない。当時、おぶんが身を隠すようにして住んでいた山谷《さんや》へ行く前に、おすまの家へ寄ってやろうかと思わなかったわけでもないのである。

「長いつきあいの女は放ったらかしにしやがって。いいよ、こうなったら首をくくって死んで、あの世のおたかさんに、親分さんは若い女に夢中でござんすと言いつけてやる」

おすまの頰が鳴った。殴った辰吉の方がうろたえて、頰を手で押えて横を向いているおすまの顔をのぞき込んだ。

「大丈夫か」

返事はない。

「すまねえ。つい、かっとなっちまって」

しばらくたってから、「いいよ」というおすまの声が聞えた。

「かっとなるようなことを言ったんだもの」

おすまが手をはずした頬は、赤く腫れ上がっていた。

「ひやした方がいい。桶《おけ》に水を汲《く》んでくる」

「いいったら」

おすまは、からかうような目で辰吉を見た。

「急にやさしくならなくっても」

辰吉は、おすまを殴った手を眺めた。平手で殴ったようで、掌が赤くなっていた。

「俺あ、おぶんを手前《てめえ》の娘のように思っているつもりだったんだ。おぶんは、いやでいやでたまらねえのに、父親は喜平次なんだよ。どうあがいたって、それだけは変わらねえ。ならば、おぶんが人前に出る時だけは、俺が父親になってやろう、岡っ引でも少しはましだろうと、そう思ったんだが、その……」

口ごもった辰吉に、おすまが首をすくめてみせた。

「野暮な男だね、辰つぁんも。そこまで、わたしにぶちまけることはないだろうに」

桶に水を汲んでこようと思った。おすまと視線を合わせずに立ち上がった背を、おすまの声が追ってきた。

「おぶんちゃんを大事にしておあげ。おたかさんにゃ黙っているからさ」

ふりかえった辰吉に、おすまは、赤く腫れた頬を見せたままかぶりを振った。

「死にゃしませんよ、寿命がつきるまで。ええ、引越もいたしません。秀五郎はわたしと別れても不幸せにゃならないって、辰つぁんにはっきり言われて、ふんぎりがついたから」

「お前《めえ》、まさか」

辰吉は、台所に入った。桶は、窓の下の棚に伏せてあった。

棚は、ここに一つ欲しいとおぶんに言われて、辰吉が吊った。慣れない大工仕事で、釘《くぎ》を打つ筈《はず》の金槌《かなづち》で指を打ち、おぶんがわずかに口許《くちもと》をほころばせたのを覚えている。

桶に水をいれながら、辰吉は、おぶんにもはっきり言えばよいのかもしれないと思った。お前《めえ》さえよければ所帯をもとうとは幾度も言ったが、夕飯の仕度を終えて帰って行くおぶんに、泊ってゆけとは言ったことがない。

「俺は、お前《めえ》が好きなんだ。今日は泊ってゆけ」

おとなげないとも恥ずかしいとも思っていた言葉が、ことによると、おぶんの心をほぐしてくれるのかもしれなかった。

吉次

鐘の音で目が覚めた。驚いたことに、天井が明るかった。

吉次《きちじ》は毎朝、明六《あけむ》つの鐘で目を覚ます。岡っ引の、それも蝮《まむし》と綽名《あだな》のある吉次に向かって「不用心だから」はあるまいと思うのだが、人に忌《い》み嫌われる兄も、妹にはごく当り前の人間に見えるのかもしれない。暑いから閉めるなと言っても、おきわは夜になると雨戸を閉め、桟まで下ろして行く。そのせいで、目を覚ました時の部屋はいつも暗かった。

目は、まだ覚めきっていない。頭も紗《しゃ》の着物を着せられているようにぼんやりしているが、それにしても天井が明るい。

明るいということは、たてつけがわるくなっている雨戸の隙間《すきま》から、高くのぼった陽《ひ》の光が入っているということで、そこまで陽が高くのぼっているのは、今鳴った鐘が明六つではなく、昼に近い四つか正午の九つということではないか。

吉次は跳ね起きた。森口慶次郎《もりぐちけいじろう》と、朝の五つに根岸で会う約束をしていた、そう思ったのだ。

跳ね起きて、無意識に壁へ手をのばして気がついた。着のみ着のままだったし、行《あん》燈《どん》に火も入っている。遅い夕飯として食べた記憶があるてんぷら蕎麦《そば》の丼《どんぶり》も、畳の上で蕎麦つゆ特有のにおいを放っていた。蕎麦を食べ、貸本の草双紙《くさぞうし》を眺めているうちに、いつのまにか眠ってしまったようだった。

意味もなく、吉次は階段の降り口に立って階下を見た。

階下は妹夫婦がいとなんでいる蕎麦屋で、もう客の声は聞えない。が、階段の闇《やみ》がやわらいだり濃くなったりしているところを見ると、妹夫婦が、今日の売り上げを帳面につけているのだろう。夜の五つに暖簾《のれん》を入れることにしているようだが、一枚でいいからもりを食わせてくれと飛び込んでくる顔馴染《かおなじ》みの客もいて、戸をおろすのはそれから半刻《はんとき》くらいたってしまう。たった今鳴り終わったのは、夜の四つを知らせる鐘だったようだ。

吉次は、万年床へ戻った。

掌《てのひら》を開くと、筋に汗がたまっていた。着古した縮《ちぢみ》が背につめたく触れるのも、冷汗をかいたからだろう。

掌の汗が行燈の明りに光るのを眺めながら考えたが、明日、慶次郎に会う約束はない。明後日《あさって》も明々後日《しあさって》も、慶次郎にも、慶次郎の息子の晃之助《こうのすけ》にも会う約束はなかった。

忘れてしまうわけはない。吉次は人づきあいというものをせず、あまり口をきかずにいると頭がわるくなってしまうぞと、手札《てふだ》を渡してくれている定町廻り同心《じょうまちまわりどうしん》にからかわれたばかりだが、吉次の物忘れはそれほどひどくなっていない。第一、叩《たた》けば出る埃《ほこり》を探したり、それを種に強請《ゆす》ったりするのは、口をきかずにはできないのだ。脅《おど》したり、すかしたり、二言も三言も喋《しゃべ》らねばならぬのである。物忘れがひどくなっているのは、からかった同心の方だろう。

それに、慶次郎は南町奉行所の定町廻り同心だった。しかも、今は隠居をしている。吉次は、昔も今も北町の秋山忠太郎から手札をもらっている岡っ引である。脛《すね》に傷を持つ商人《あきんど》を強請っているのを慶次郎に見咎《みとが》められ、叱《しか》られたことは幾度もあるが、慶次郎を助けて働いたことは、かぞえるほどしかない。慶次郎と明朝会う約束をするわけがなく、鐘の音で目を覚ました時、しくじった、約束の時刻に遅れたと軀中《からだじゅう》に悪寒《おかん》が走ったのは、慶次郎とお上の御用をつとめている夢でも見ていたのかもしれなかった。

階段を上がってくる足音が聞えた。売り上げの勘定を終えた夫婦が上がってきたのかと思ったが、足音は一つだった。ゆっくりとした足音から、少し太った軀を一段ずつ引き上げてくるような姿が見えたと思った。妹のおきわの足音だった。

「兄さん、起きてる?」

明りがついているだろうと、吉次は不機嫌な声で答えた。

「お腹空《なかす》かない?」

もう一杯、もりを食べたいと思っていたところだった。空いたと答えれば持ってきてくれるだろう。が、その時は、「すまねえな」の一言くらいは言わねばならない。蕎麦があまったのならばなぜ、「食べてもらえない?」と頼まぬのだと思った。

その気持を見透《みす》かしたように、おきわは、「二杯分くらい、あまっちまったの。少し食べてもらえると有難いんだけど」と言った。そう言われれば言われたで、今度は「先廻りをしやがって」と腹が立つ。おきわは「それじゃ持ってくるから」と、さっさと階段を降りて行った。

面白くない。自分が扱いにくい男のように思えるのも、それなのに、おきわに軽くあしらわれたように感じられるのも、何もかも面白くなかった。

おきわの足音は、すぐにまた二階へ上がってきた。あまった蕎麦を、すでに義弟の菊松が茹《ゆ》でていたのかもしれなかった。

が、蕎麦とつゆをのせた盆を持って部屋へ入ってきたおきわは、いつまでも唐紙《からかみ》の前に立っている。吉次が万年床から降りるのを待っているのだった。吉次は、舌打ちをしながら畳へ降りた。あぐらをかいた膝《ひざ》の前に、蕎麦の盆が置かれた。吉次は、箸《はし》をとると、ちらかし放題の部屋をおきわが片付けてゆく。蒲焼《かばやき》がつつんであった竹の皮も、まるめて放り出した瓦版《かわらばん》も、洟《はな》をかんだちり紙もよごれた手拭《てぬぐ》いも皆、おきわの前掛《まえかけ》の中へ入っていった。

「落着かねえ女だな」

「あら、ごめんなさい」

おきわは、動じるようすもない。

「だって留守の間に片付けると、兄さん、怒るんだもの」

「片付けなけりゃいい」

「そうもゆかなくなったんですよ」

おきわは、吉次の前に腰をおろした。ごみでいっぱいになった前掛の紐《ひも》をとき、器用にまるめて畳の上を階段へ向かって滑らせる。汚《きたね》え前掛だったから、ごみと一緒に捨てるのかもしれないと、吉次はぼんやりと思った。

「兄さん、わたしね」

「うるせえな」

「あのね、やっとできたの、子供が」

吉次は、蕎麦につゆをつけようとしていたところだった。おきわの話など右から左へ聞き流すつもりだったが、蕎麦は、箸から蕎麦猪口《ちょこ》の中へ滑り落ちていった。ばかやろうと、吉次は呟《つぶや》いた。つゆまみれの蕎麦を蕎麦猪口から拾って食うなんざ、みっともねえったらありゃしねえ。

「だから、この部屋もきれいにさせておくんなさいな。やっと、ほんとにやっとできた子供だもの、きれいなうちで育てたいじゃありませんか」

「汚えのはここだけだろうが」

「ですからさ」

おきわは、ちょっとためらってから言った。

「大分《だいぶ》前だけど、覚えてる？　養子にとろうとした子が兄さんの部屋を見てびっくりしてさ、いやだって言い出したことがあったじゃありませんか」

「俺の部屋なんざ見せなければいい」

「むりですよ、一緒に住んでいるんだもの」

「出てけってのか」

「はじまった」

おきわは、万年床の下にあった、これも汚れきっている手拭いをひきずり出しながら言った。

「一緒にいてもらいたいから、部屋の掃除をさせておくれと言ってるんですよ」

「わかった」

吉次は、蕎麦猪口へ箸を叩きつけて立ち上がった。

「いなくなりゃいいんだろう」

誰もそんなことは言っちゃいませんよという、おきわの声が聞えた。おきわの手が、袂《たもと》をつかんだような気もした。が、吉次は、かまわずに部屋を飛び出して、階段を駆け降りた。帳面を片付けていたらしい義弟の菊松が、小上がりの座敷から裸足《はだし》で降りてきて、吉次の前に立ち塞《ふさ》がったが、思いきり突き飛ばした。外は雲に蓋《ふた》をされ、蒸されて湯気が立ちそうな夜だった。

木戸番に「お上の御用だ」と嘘《うそ》をつき、町木戸の横にあるくぐりを開けさせた覚えはある。が、月のない夜の道を、提燈《ちょうちん》もなしにどこをどう歩いてきたのかよくわからない。また、思い出したくもなかった。我に返ると、吉次は大川端にいた。

そういえば、両国橋を渡った記憶もある。吉次は、足許《あしもと》の小石を川へ蹴《け》込《こ》んでから腰をおろした。

気のせいなのだろうが、夜の闇が白くかすんで見える。その闇の中を、深い闇をつくって大川が流れて行き、波除《なみよ》けのために打たれている百本杭《ひゃっぽんぐい》が、ひときわ濃い闇をつくって夜と波の中に立っていた。

まさかと思った。

「まさか、俺は……」

ここへ飛び込むつもりで歩いてきたんじゃねえだろうな。

よせやい。

だが、まるで考えていなかったとは言いきれない。おきわは、ようやく赤子をみごもったと言っていた。

あれだけ欲しがっていた子供である。明六つ前から夜の四つ近くまでめまぐるしく働いて、疲れているにちがいない軀で近くの王木稲荷《いなり》までお百度を踏みに行って、それでも足りずに、南鍛冶町《みなみかじちょう》の出世稲荷へ行って、店は小さいままでいいからさずけてくれと願っていた子供であった。おきわは今年三十二、もう二度とないことだろうし、無事に生まれてくれれば、そよと吹く風にすら当てぬようにして育てるにちがいない。

吉次のつむじは多分、いや、必ず曲がる。必ず曲がって、子供なんざ放ったらかして育てるものだとおきわに言う。俺を見ろ、お前を見ろ、親に大事にされたことなんざ、一度だってねえじゃねえか。それだって、こうして立派に生きてらあ。

おきわは何も言わないだろう。おきわの亭主の菊松も、吉次の憎まれ口を苦笑いをして聞き流すかもしれない。

そこで終れば何事も起こらない。翌日も翌々日も、菊松は吉次の憎まれ口を聞き流し、おきわは吉次の留守に掃除をして、怒る吉次に知らぬ顔をする筈《はず》だった。が、吉次には、そこでお終《しま》いにする自信がなかった。おきわが言い争うまいとすればするほど、菊松が聞き流してくれればくれるほど、嫌味な口調でからんでゆくにちがいなかった。

波の音が聞えた。妹夫婦に憎まれ口をきく自分の声も聞えた。わかってらあな。そうやって黙っていりゃ、俺もおとなしく引き下がると思っているんだろう。おあいにくだな。俺は、しつっけえんだよ。せっかくさずかった子を、ひよわな餓鬼にしたくねえと思や、何度だって同じことを言わあ。赤ん坊なんざ、さかさに抱いたって笑っていらあ。ほら、抱かせてみねえな。

おきわが吉次に赤ん坊を渡すわけがない。

けっ。

吉次は、大川へ向かって唾《つば》を吐いた。無論、暗い流れまで届くわけがなかった。

吉次が二階へ引き上げれば、おきわも菊松もほっとした顔つきになるだろう。おきわは赤子を抱き上げて、菊松は無心に乳を吸う赤子を見つめるにちがいない。赤子の吐く息のような甘い匂《にお》いが、あたりいっぱいにたちこめて、客のいなくなった店は、吉次には最もそぐわない場所となる。

でもよ。

妹夫婦の店から居場所がなくなると考えてしまう自分が、吉次は不愉快だった。仲間はずれになるからたって、俺が身投げを考えるわけがねえじゃねえか。

吉次は一人に慣れている。所詮《しょせん》人間は一人だと悟ったようなことを言う者もいるが、あれは、一人になったことのない人間だ。生れてくる時も一人なら死ぬ時も一人だなんざ、おかしくって臍《へそ》が茶をわかす。そういうことを言う奴《やつ》がおふくろの腹から出てきた時は、産婆《さんば》が待ちかまえていただろうし、死ぬ時だって、枕元《まくらもと》で嬶《かか》あや餓鬼が泣きわめいている筈なのだ。

生れる時の吉次は、見事なまでに一人だった。吉次の母親は、親に隠れて吉次を生んだ。産声《うぶごえ》で正気を取り戻したと言っていたから、わずかな間、気を失っていたのだろう。一人で生れてくるとは、こういうことなのだ。

母親をみごもらせた男は、行方知れずとなっていた。ことによると、江戸払いになっていたのかもしれない。居所がわかると、母親は吉次を連れてその男の許へ行き、強引に所帯を持った。吉次とおきわの年齢が離れているのは、そんな事情があったからである。ただ、父親はおきわが生れるとまもなく、ふたたび行方知れずとなって、母親は江戸へ舞い戻った。

そのあとの吉次は、よくある道を辿《たど》った。家を飛び出して、行き当りばったりに仕事をして、当然どの仕事も長続きせず、空腹になれば目の前にあるものを盗んで逃げる。或《ある》いは留守の家にしのび込む。定町廻りに捕えられ、一度は自身番屋での説教だけですんだが、二度目からは大番屋行きとなった。入牢《じゅろう》したのち、敲《たた》きの刑を受けたこともある。

背丈が伸びず、がっしりした体格にもなれなかったのは、その時の痛みで軀が縮んでしまったからだと今でも信じている。敲きの憂《う》き目《め》をみた時のことと、その翌日からのすべての関節がこわれてしまったような痛みと、高熱にうかされて丸二日分の記憶を失ってしまったことなどがちらとでも頭の中をよぎると、大悪党になってやりゃよかったと思う。いや、そんな記憶が頭の中をよぎらなくとも、人から白い眼を向けられれば、すぐにそう思う。言い換えれば、始終、悪党になってやりゃよかったと思っているのだ。

だが、吉次は岡っ引になった。吉次の悪事で泣く筈の人が、吉次に悪党を捕えてもらえるようになったのである。

蹴《け》っ飛《と》ばしてやるつもりだった奴を、抱き起こしてやっているようなものだ。面白くもねえ。

北町の定町廻り同心が、十手《じって》をあずかる気にならねえかと言ってきたのは、吉次のはしっこさ、ねばっこさに目をつけたからだという。お上の御用をつとめる者には、吉次の素早く動く頭と軀、それに執拗《しつよう》な性格が必要だったらしい。

あらためて言うほどのことではないが、岡っ引は、公《おおやけ》に認められた存在ではない。公には、存在しないことになっている。そこが気に入っていないこともなく、だからこそ岡っ引という仕事だけは長続きしたのかもしれない。

いずれにしても、南北の定町廻り同心が身銭《みぜに》をきってでも岡っ引を使うのは、岡っ引が必要だからだろう。が、この必要な人間への給金が、小遣銭程度と驚くほど少ないのだ。天王橋《てんのうばし》の辰吉のように、充分な手当てをもらっている奴もいないではないが、それは、彼を使っていたのが仏様——仏の慶次郎という、百年に一人いるかいないかのお人好《ひとよ》し同心だったからで、彼を引き合いに出すのがそもそも間違いなのである。

ほとんどの岡っ引は、湯屋をいとなんだり、女房に蕎麦屋とか小料理屋などをやらせたりして生計をたてている。お上の御用をつとめてくれと十手を渡されるのだが、お上の御用を真面目《まじめ》につとめていては、飢死するしくみになっているのだ。笑い話にもなりはしない。

吉次は、岡っ引という仕事が気に入っているので、蕎麦屋も湯屋もいとなむつもりはなかった。つもりはないが、霞《かすみ》を食べては生きてゆけなかった。

無論、金がないと言えば、義弟の菊松が売り上げのざるの中から二朱銀を探し出して渡してくれるし、腹が空いたと言えば、おきわが蕎麦や茶漬けを持ってきてくれる。脛《すね》に傷持つ商人を強請《ゆす》りに行くなどと言おうものなら、二人は、懸命に銭をためている竹筒や薄汚い甕《かめ》をかかえて二階へ駆け上がってくるだろう。

が、それでは岡っ引をつづけている意味がない。だいたい、大店《おおだな》の前に佇《たたず》めば、愛想笑いを浮かべた番頭が、鼻紙にくるんだ一分《いちぶ》くらいの金を渡してはくれるのだ。渡してはくれるのだが、一分の金が何だというのか。店には、少くとも数十両の金がある。その金が金を呼んで、彼等は肥え太ってゆく。数十両の金が数十両の金を呼び、数百両が数百両を呼ぶのなら、吉次は、「お前も一分くらいの金なら呼んでもいいよ」

と言われているようなものだ。

それが面白くないから吉次は古傷やら古い埃《ほこり》やらを探し出して、大店をたずねて行くのである。その時の醍醐味《だいごみ》は、入って行った瞬間に店に緊張が走るところにある。手を触れれば切れてしまいそうに鋭い糸が、一瞬のうちに張りめぐらされるのが目に見えるような気がするのだ。

買物客は、そそくさと姿を消す。悠然と——と言いたいが、吉次は、小柄な軀をむしろ丸めて歩いて行き、帳場格子《ちょうばごうし》の前に腰をおろす。

「ちょいと小耳にはさんだのだが」

そう言う頃にはもう、番頭が奥へ姿を消している。金を包みに行ったのである。感心なことに、五両もの金を包んだ店もあった。主人が近所の娘と密会を重ねていたのだった。

ところが、情けないことに近頃の吉次は欲がなくなった。金がたまったにせよ、渡してやる相手がいない。古傷を探すのも、少々億劫《おっくう》になった。どうしても金が欲しくなった時は、大店の前に立てばいいのである。少なくとも一分は渡してもらえるわけで、十手を持っているかぎり、大店に小遣銭をあずけているようなものなのだ。それでもいいやと、つい思ってしまうのである。

おみつがいたらと思いそうになって、吉次はかぶりを振った。吉次に口説《くど》かれてべそをかいた豆腐屋の娘もおみつという名だったが、吉次が時折思い出すのは、豆腐屋のおみつではない。貝柱のてんぷらをつくって帰りを待っていてくれた、女房のおみつなのだ。が、そんな女はもういない。いるのは、どこで何をして江戸へ舞い戻ったのか、深川で遊女屋の女将《おかみ》におさまっているお六という女だけだった。

吉次の前から姿を消す時に、おみつは、吉次との間に生れた倅《せがれ》を連れて行った。が、惚《ほ》れた男と駆落をする途中、食べものに当ったのか、嘔吐《おうと》と下痢を繰返した末に、他界したそうだ。

罰当《ばちあた》りな親の罪を倅一人が背負《しょ》やあがって。せめて、お前《めえ》が生きていてくれたら――って、笑わせらあ。倅が生きていたらどうだってんだ。

おみつが倅を家に置いて行ったとしても、吉次がどう変わるというのか。口説いて口説いて口説き落としたおみつのためにしたことと、まったく同じことを倅にしてやっていただろう。不自由な暮らしをさせぬよう、下手人の探索より大店の主人や内儀《ないぎ》の古傷の探索に精を出し、内緒にするかわりに金をもらって江戸中の人達から憎まれた筈《はず》だ。そのあげく、おみつが吉次に愛想をつかしたように、倅も「親父《おやじ》なんざ死んじまえ」という捨てぜりふを残して家を出て行くのだ。

もし、俺に手札を渡してくれたのが、森口慶次郎ってえ粋狂な男だったらって、何でえ、何でえ、俺もずいぶんと情けねえことを考えるようになっちまったじゃねえか。森口の旦那《だんな》の手下だったら、そらあ、おみつの俺を見る目もちがっただろうさ。が、今を昔に戻せるわけはなし、だいたい昔に戻せるくれえなら、俺が森口慶次郎になってらあ。

俺は吉次だ。一人で生れてきて、父親に捨てられて、母親を捨てた吉次だ。女房に駆落され、倅に先立たれ、今は妹の厄介者となっている蝮《まむし》の吉次だ——って、へっ粋《いき》がるなよ。それに、俺はどうしてこう、うしろばっかり見ているんだ。悪党になってやりゃよかったとか、倅が生きていてくれたらだとか森口の旦那に手札をもらっていたらだとか、手前《てめえ》で手前《てめえ》が恥ずかしくならあ。愚にもつかねえことばっかり考えていて、先のことなんざ、これっぽっちも考えたことがなかったような気がするぜ。

そんな情けない男だから、赤ん坊が生れると嬉《うれ》しそうに話すおきわを見て、動揺してしまったのだ。おきわがみごもったことに、負《ふ》の要素はない。おきわがみごもったことは、札つきの岡っ引から後戻りできなくなった理由にはならないのである。吉次がことあるごとに「こうなったのは俺のせいじゃねえ」と言う自分自身への言訳には、どうしてもならないのである。

が、吉次が死なずにいるためには、過去をふりかえることしかない。森口慶次郎に手札をもらっていたならば、おみつが逃げなかったならば、こうはならなかっただろうと自分を慰めてやるほかはないのだ。

おきわは、そんな吉次の胸のうちを正確に見抜いていて、家を飛び出す兄を、悪餓鬼がまた拗《す》ねたくらいの気持で見送っていたことだろう。黙って裏口から帰れば、「どこへ行っていたんですよ、心配させて」と、叱言《こごと》を言いながら戸を開けてくれるにちがいないが、それではあまり体裁《ていさい》がわるい。相生町《あいおいちょう》あたりの中宿に四、五日くすぶっているつもりで、吉次は腰を上げた。

蒸し暑い夜だった。川の水が煮立っているわけではあるまいが、周辺は湯気がこもったように白くかすんでいた。

その湯気の中に人がいた。

頭から手拭《てぬぐ》いをかぶっているが、夜鷹《よたか》ではない。人がいないことを確かめているのか、あたりを見廻してその手拭いを取ると、女髪結いを呼んだにちがいない艶《つや》やかな丸髷《まるまげ》があらわれた。着ているものも、湯気だか靄《もや》だかにかすんで海老茶《えびちゃ》のような色しか見えないが、おそらくこまかな柄がちらしてある筈だ。金持の女であることは間違いない。縹緻《きりょう》もわるくなさそうだった。

無意識のうちに、吉次は女の足許《あしもと》を見つめた。幽霊や化けものをこわいと思ったことはなかったが、この暑さで、このかすんだ闇《やみ》である。さすがに気になったのだった。

女は、下駄《げた》をはいていた。そう思って見ると、高価な身なりの割には粋《いき》な感じのする女だった。

そのまま立ち去ろうとして、吉次は足をとめた。なぜ、あの下駄の音が聞えなかったのだろう。考え事をしていたせいか、それとも百本杭に当る波の音に消されたせいか。

どっちでもいいや。俺の知ったこっちゃねえ。

が、背を向けようとした目の端に、女の姿が映った。知らぬ顔をして中宿へ引き上げようと思ったが、足は動かなかった。女は、そこへ蹲《うずくま》って石を拾いはじめたのである。

笑わせやがる。目と鼻の先に俺が立ってるんだぜ。石を袂《たもと》へ入れの、下駄を脱いで両手を合わせのと、大川へ飛び込む大芝居をうつつもりだろうが、冗談じゃねえ。今夜は、下手《へた》をすりゃこっちが飛び込むところだったんだ。いつまでも一人で芝居をしてな。

薄笑いを浮かべて歩き出そうとしたが、腰のあたりが、風の日の柱のようにきしんで鳴った。

俺だって、あの女の足音が聞えなかったじゃねえか。あの女も、手前《てめえ》のことで頭がいっぱいで、俺のことなんざ見えねえのかもしれねえ。

ふりかえると、女は、石でふくらんだ袂を重そうに抱いて、川べりへ近づいて行くところだった。下駄を脱いで裸足《はだし》になり、その両足を紐《ひも》で縛っている。次には両手を合わせ、その次は大川へ身を躍らせるにきまっていた。杭にぶつかって白い肌が破れ、流れ出た血で暗い川の水がますます暗くなり、白い湯気まで赤くなったのが見えたような気がして、吉次は女へ向かって走った。

やめろ。ばか、何てことをするんだ。

吉次の両手が女を抱き、女はその手をはずそうともがきながら吉次を見た。

おみつ――。

そんなばかな。

が、女は顔をそむけ、海老茶の着物が衣桁《いこう》から落ちてゆくように地面へ坐《すわ》り込んだ。

おみつ、ほんとうにおみつなのか。

答えはない。答えはないが、女はそのまま地面に俯《うつぶ》せた。泣き出したのかもしれなかった。

こういう時は抱き起こしてやるべきなのだろうが、吉次は迷った。こんなところをお前さんなんかに見られたくなかったと、大声で泣き出されるのがこわかった。吉次はおみつらしい女の、泣きじゃくっているのだろう波打つ背を眺めながら、このところ岡場所《おかばしよ》の取締りをしていないなとぼんやり思った。偶然に再会した時、おみつは『お六』と名を変えていた。俗に深川七場所と呼ばれる悪所の一つ、裏櫓《うらやぐら》で、桔梗屋《ききようや》という遊女屋をいとなんでいたのである。

岡場所は、男の遊び場として吉原《よしわら》のように公認されているわけではない。そのため時折手入れがおこなわれ、遊女屋の主人は過料《かりよう》を納めた上に百日間の手鎖、遊女は吉原へ下げ渡されることになっている。あの時、頼りなさそうな男ではあったが、『お六』には亭主がいた。虫も殺せぬような可愛《かわい》い顔をしていても、おみつには昔から要領のいいところがあって、吉次は、あいかわらずだなと思ったものだ。『お六』は、罰をうけねばならぬ場合の用心に、その頼りなげな男を亭主にしていたのである。吉次はなぜか無性《むしよう》に腹が立って、亭主に『お六』の本心を教えてやった。その後、二人が仲よく暮らしていたわけはないが、だからといって、『お六』が身投げを考えることもないだろう。

　では、急に手入れがあって、桔梗屋の女主人となっていたおみつが、必死にここまで逃げてきたのか。想像以上につらいらしい手鎖百日を恐れて、いっそ死んでしまおうと思ったのか。

　ありえないことだと思った。吉次に何の知らせもなく手入れが行われたとも思えないが、仮に行われたとしても、『お六』はとうにかわりの亭主を見つけている筈《はず》だ。『お六』なら亭主の手鎖を二百日でも辛抱するにちがいないし、遊女屋の看板をはずされたとしても、一年や二年は食べてゆけるだけのものはためているだろう。

　いや、三年は食べてゆけるものがたまっていたとしても、あの女が神妙に家にこもっているとは思えない。十日もたてば蠢《うごめ》き出し、手鎖に懲《こ》りて遊女屋をやめたいと言う亭主を放り出して、江戸へ出てきたばかりでようすのわからぬ男をつかまえる。半年後には、『尾花屋』などという看板をかけているだろう。大川端で、袂に石を入れている暇などないのである。

　だが、女は間違いなく川へ飛び込もうとした。ことによると、あの頼りなげな亭主に逃げられたあと、新しい亭主と喧嘩《けんか》が絶えず、面当《つらあ》てに死んでやろうとしたのではないか。吉次だって、おきわがみごもったと聞き、いよいよおきわにも邪魔にされるのかと淋《さみ》しくなって、面当てに死んでやろうと、自分でも気がつかぬところで考えていたかもしれないのだ。

おみつらしい女の背を、いつまで眺めていても埒《らち》は明かなかった。吉次は、思いきって女の横に蹲った。

泣くなってえったって泣くだろうが、わけを話してくんなよ。俺にだって、力を貸せることがあるかもしれねえ。

有難うございますと言って、女は顔を上げた。

おみつ。やっぱり、おみつだ。

吉次は息をのんだ。顔立ちはおみつに間違いなかったが、二十一、二のように若く見えた。再会した時の『お六』は、隠しきれない皺《しわ》を白粉《おしろい》で埋めて、皺の深さをなお際立《きわだ》たせていたが、夜の闇、それも大川が湯気をたてているように蒸し暑く、かすんだ夜の闇のせいだろうか、白い肌はたっぷりと露を含んでいるように見えるのである。迂闊《うかつ》に触れれば、早朝の朝顔に置かれているような透きとおった雫《しずく》が、にじみ出てきそうだった。

昔のまんまのおみつじゃねえか。

そう、昔のままだった。ざる売りの男と駆落をした頃の、若くて美しかったおみつそのままだった。

お前さん、堪忍《かんにん》して。

でも、俺の女房のおみつだよな？

お前さん――と、女が言ったような気がした。

おみつ。ほんとうにお前《めえ》は、おみつなんだな。

女は、吉次へ身をあずけた。女の顔が吉次の胸へ押しつけられ、女の言葉が、耳からではなく胸へ直接伝わってきた。みつでなくって誰だというんですかえ。

だってよ、あんまり若くってきれいだから。

おみつの言葉が、また胸から聞えた。そりゃ若い女の中に入って暮らしているから、ちっとは若く見えるかもしれないけれど。お世辞でも嬉《うれ》しいよ、お前さん。

本気で口説く男も大勢いるだろうによ。何だって死ぬ気になったんだ。

おみつの声は聞えない。だが、言っていることはよくわかった。何もかも、いやになっちまったんですよ。もういっそ、死んだ方がましなんです。

穏やかじゃねえな。桔梗屋が手入れをくったのかえ。

吉次の胸に顔を押しつけたまま、おみつはかぶりを振った。見世《みせ》は無事だけれど、亭主に二度逃げられました。今の亭主だって、いつ行方がわからなくなるか知れたものじゃない。ええ、承知してますともさ。みんな、わたしの心柄のせいです。

吉次から逃げねばならなかったのは、ざる売りとの密会を吉次に知られてしまったからだった。吉次の執念深さを知っているだけに、おみつはこわかった。

怒らないでおくんなさいよと前置きして、おみつは言葉をつづけた。

ざる売りは、やさしい男だった。気のいい男だった。そんなことはないと彼は苦笑いをしていたが、おみつには、嘘《うそ》をついたことさえない男のように見えた。日の出から日の暮れまで働いて、おみつにはばかばかしく思えるほどのわずかな儲《もう》けでわずかな米を買って、それでも飢えずにいられることをお天道様《てんとう》に感謝していた。そんな男が、おみつと出会ったばかりに吉次の手で悪党にされてしまうかもしれないのである。おみつは駆落するほかはなかった。おみつが亭主に死なれたと嘘をつかなければ、ざる売りはおみつに同情せず、おみつと閨《ねや》をともにすることはなかった。閨をともにすることがなければ、ざる売りは、逃げようというおみつにかぶりを振ることもできた。お天道様に感謝しながら、江戸の片隅で静かに暮らしていられたのだ。

だから、わたしは、わたしがいやになっちまったんです。

忘れろ。

と、吉次は言った。

みんな、昔のことだ。

おみつは吉次の胸の中でかぶりを振る。昔のことは、みんな今につながっているんですよという言葉も、胸に伝わってくる。あれからだもの、わたしがずるずると坂道を落っこちて行くようになるのは。

そんなこたあねえさ。桔梗屋は、ずいぶん繁昌《はんじょう》していたじゃねえか。

見世が繁昌してたら何だっていうんですかえ。世の中、お金じゃないってことは、お前さんが一番よく知ってるだろうに。

その通りだった。おみつは、商人達を無言で強請《ゆす》っては金を渡してくれる吉次より、粥《かゆ》をすすって暮らしているざる売りを選んだのだった。

おみつの言葉が聞えてきた。一緒に連れて逃げた倅《せがれ》に先立たれ、ざる売りのあの人にも死なれちまった時は、罰《ばち》が当ったんだとつくづく思いましたよ。それでも懲りずに、年下の男を騙《だま》くらかして江戸へ舞い戻って、若い娘を男に抱かせておあしをいただく罰当りな商売をして、自分だけは手鎖なんてものから逃げようと、好きでもない男を亭主にして――。いったいいつからこうなっちまったんだろう。そう思うと、いやでもお前さんのことを思い出すんです。わたしは、お前さんから逃げなければよかった。いいえ、逃げちゃいけなかったんです。

みんな同じさと吉次は言った。

俺も、こうなっちまったわけばかり考えているのさ。一人で生れてきたが、別段ひねくれた赤ん坊だったわけじゃねえ。八つか九つの頃から、脛《すね》に傷を持つ奴を強請って面白がっていたわけでもねえ。俺あ、森口の旦那の手下になれなかったからこうなった、それから、勘弁しなよ、お前《めえ》に逃げられたからこうなったと、手前《てめえ》で手前《てめえ》に言訳をしながら生きているんだ。

わたしは言訳もできやしないという、おみつの言葉が胸から聞えた。わたし一人で逃げればよいものを、倅とざる売りのあの人を道連れにして、倅が死んだ時には、お前に甲斐性《かいしよう》がないからこんなことになったと、あの人を責めちまった。あの人は口惜《くや》しかっただろうと思います。わたしと逃げたことを後悔しただろうとも思います。が、あの人はわたしに、お前のせいだとも言わずに死んじまった。みんな、わたしがわるいのに。お前さんから逃げようなんて、わたしがとんでもないことを考えたから起こったことなのに。

よせ――と、吉次は言った。

そんなに手前《てめえ》で手前《てめえ》をいじめて何になる。

いじめてるわけじゃありませんけど。

胸に響いてくるおみつの言葉が、甲高《かんだか》くなったような気がした。今更後悔したってはじまらないと、つくづく思い知らされました。今のわたしは、お前さんも知っているあの亭主に逃げられて、その次の亭主にも逃げられて、三番目の亭主にもそっぽを向かれてる。近所の娘といちゃいちゃしてるんです。誰からも相手にされなくなっちまったんですよ。わたしは。死にたくもなるじゃありませんか。

おみつ。

吉次は、胸から頭を上げようとしないおみつに囁《ささや》いた。

出直さねえか、お前《めえ》にその気があればの話だが。

ようやく、おみつが顔を上げた。町内一の美人と言われ、錦絵《にしきえ》の画工に女絵を描かせてくれと頼まれたこともある顔だった。亭主に死なれて淋しいと口説かれれば、ざる売りが迷うのもむりはない顔だった。

な、出直そうぜ。

おみつの唇が動いた。出直すと言ったってと呟《つぶや》いたようだった。出直すと言ったって、どうするんですよ。わたしはまた、お前さんが脛に傷持つ人からお金をむしり取ってくるのを待っているんですかえ。

そんなこたあ、もうさせやしねえ。

吉次は、おみつを抱いた。愛《いと》しいと思う女を、生れてはじめて抱きしめたような気がした。女の軀《からだ》はふんわりとやわらかく、頼りなくて、溶けてしまったのではないかと思えたほどだった。

が、おみつは吉次の腕の中にいた。腕の中にいて、先刻と同じように頬を胸に押しつけて、言葉を伝えてきた。ほんとうに？　ほんとうに岡っ引をやめておくんなさるの？

やめるさ。岡っ引は性《しょう》に合ってたのかもしれねえが、好きではじめたわけじゃねえんだ。いつだってやめられる。

やめて、何をするつもり？

何だっていいじゃねえか、お前《めえ》と俺の二人が食えるなら、菊松の店を手伝わせてもらったっていいんだ。

もり蕎麦《そば》を入れた箱を天秤棒《てんびんぼう》でかつぎ、出前に駆けまわる自分の姿が髣髴《ほうふつ》とした。はじめのうちは箱が揺れて、つゆがこぼれてしまうだろう。が、吉次に出前をされた人達は、つゆなしの蕎麦を食べさせられる腹立ちを、はじめは顔に出せないかもしれない。「すまねえな」と詫《わ》びても、「つゆはすぐに持ってくるから」と言っても、多分、「とんでもない、親分さんに持ってきてもらうなんて」と尻込《しりご》みをする。その上、十手《じって》はお上にお返ししたと話しても、できれば蕎麦屋になるつもりで菊松に弟子入りをしたと事情を話しても、しばらくの間は信じてもらえぬと思う。何か、たくらんでいる、そう思われるにちがいないのだ。

が、額に汗を浮かべながら出前に駆けまわり、菊松にもっと手早く洗ってくれと言われて懸命に丼《どんぶり》を洗う吉次の姿を見ているうちには、親分が吉次さんになり、やがて親しげな吉つぁんになる。三月《みつき》、いや、半年かかるかもしれないが、必ずそうなる。

出直せらあな、まだ。ああだったらよかった、こうだったら何事もなかったと言わずに暮らせるように、きっとなる。

そうですよねという声は、間違いなく聞えた。吉次は、吉次にすがりついて泣いているおみつを、こわれないように、そっと抱きかかえて立ち上がった。

大根河岸《だいこんがし》の妹夫婦の家へは帰りたくなかった。まだ桔梗屋の女将《おかみ》であるおみつも、いったん見世へ帰らねばならぬだろうが、今夜は吉次と一緒にいたいだろう。

どうする？

吉次の脳裡《のうり》には、四、五日ごろごろするつもりだった中宿の二階が浮かんでいた。

それは、おみつにもわかっているようだった。

行くかえ。

俯《うつむ》いたまま、おみつはうなずいた。

吉次は、先に立って歩き出した。が、少しばかり不安だった。ずいぶん話し合った筈《はず》なのに、おみつの声を聞いていないような気がするのである。

吉次は足をとめてふりかえった。おみつは、いた。川からたちのぼっている湯気がつくる、白い闇《やみ》の中にいて、てれくさそうに笑っていた。そう見えたのだった。

だが、気がつくと、吉次は蕎麦屋の裏口に立っていた。

羽目板に盥《たらい》が寄りかかっていて、その上に洗濯板がのっている。吉次のせいではなしにその板が地面に落ちて、土間を歩いてくる足音がした。

「いったい、どこへ行ってたんですよ。もうじき夜が明けるじゃありませんか」

目の前の戸が、音を立てて開けられた。吉次は、黙って家の中へ入った。

「菊松も起きて待っているんですよ。ほんとにもう駄々っ子みたような真似《まね》は、やめておくんなさいな」

「うるせえな」

「部屋の中は掃除しておきましたからね。大事なものがなくなったの何のと言われるといやだから、食べものの滓《かす》のほかは、みんなとっておきました。ないと思ったものは、自分で探しておくんなさいよ」

うるせえなと言うのも億劫《おっくう》になった。吉次は、重い足をひきずるようにして階段をのぼった。

少々しめっぽい布団《ふとん》に軀を投げ出して、目をつむっていれば夜が明ける。夜が明ければ今日は昨日となり、昨日と変わらぬ今日がいやでも訪れる筈であった。

佐七

根岸の道は、ゆるやかな曲線を描いている。山口屋の寮から下谷《したや》へ向う道も、日盛りの中をゆっくりと曲がって木立の中へ吸い込まれていた。

慶次郎《けいじろう》の姿も今、その中へ入って見えなくなった。台所脇《わき》の小部屋で煎餅《せんべい》を食べていた佐七《さしち》が、今頃になって見送りに出てくるとは思わなかったのだろう、暑くて出かけるのは億劫《おっくう》だと言っていたのだが、いつものように足のはこびは早かった。

佐七は、寮の前を流れている小川を渡り、門の中へ入った。冬の間は寒々しく聞える川音も、夏になると涼しく心地よいものになるのだが、石橋に立って聞くほどのこともないと、佐七は思う。

門を閉めて、閂《かんぬき》をかった。山口屋の奉公人を別にして、慶次郎の知人のほかに寮を訪れる者はない。慶次郎の留守を知らずにたずねてくる者がいるかもしれないが、佐七は、用心のためだと自分に言訳をした。くぐり戸にも錠をおろす。ざまあみろと思ったが、誰に向かって毒づいたのか、よくわからなかった。

飛び石の上に立っているだけで汗がにじんできて、佐七は開け放しの出入口へ飛び込んだ。裏口も、慶次郎の居間となっている八畳間の障子も、開けられるところはすべて開けてある家の中は、飛び石の上では感じられない風が通っていて、慶次郎の言うように「うちわいらず」だった。

その風が、日暮れればなお、涼しくなる。極楽だった。その上、昨日、霊岸島《れいがんじま》の酒問屋である山口屋から極上物が届けられている。佐七は、蒲焼《かばやき》でも買ってきてささやかな暑気払いをするつもりだった。が、慶次郎は出かけていった。

胸のうちの〝するつもり〟が、相手に伝わるわけはないとはわかっている。黙っていたのは確かに佐七がわるい。佐七がわるいが、昨日、極上物が届いたのである。勘のよい慶次郎ならば、佐七が暑気払いを考えていると、察してくれてもよさそうなものではないか。

それなのに、慶次郎は、孫の顔が見たくなったと言った。なぜあの時、「嘘《うそ》をつけ」と言ってやらなかったのだろうと思う。

勘の鈍い佐七でも、今日の慶次郎が孫の顔を見に行ったのではないことは容易に推測できた。慶次郎は、花ごろものお登世《とせ》とひさしぶりの一夜を過ごすため、この暑いさなかに仁王門前町《におうもんぜんちよう》まで出かけて行ったのである。

会いに行っちゃいけねえと言ってるわけじゃねえんだけどさ。

佐七は、ひとりごちながら自分の居間である小部屋へ戻った。

何も、孫の顔を見に行くと嘘をつくこたあねえだろうが。

幾度か会ったことのある、抜けるように色の白いお登世の顔と、花ごろもで出されるにちがいない料理が目の前を通り過ぎた。花ごろもは、佐七には少々敷居《しきい》が高く感じられる料理屋だった。

茶簞笥《ちゃだんす》の戸棚を開けて、煎餅の袋を出す。ついでに急須《きゅうす》の茶の葉をかえ、湯呑《ゆの》みやら貸本の草双紙《くさぞうし》やら、ごろ寝の所帯道具いっさいを持って、八畳間へ移った。部屋の隅には、慶次郎がこの寮へきてから買い求めた将棋盤《しょうぎばん》が置かれている。今は何も思わなくなったが、慶次郎が寮番の名で暮らすようになった頃は、将棋盤を見るたびに腹が立ったものだ。

八畳間は、山口屋の先代が使っていた部屋だった。現在の主人夫婦は、まだ年齢《とし》が若いせいだろう、花見でも紅葉狩《もみじが》りでもにぎやかな方を好み、大勢で上野や根津《ねづ》、谷中《やなか》へ繰り出すことはあっても、先々代が工夫し、先代が愛した寮の庭から見る桜、庭に植えられた紅葉を楽しんだことがない。

それゆえ物置になっている三畳か茶室の四畳半を貸してくれという慶次郎に、三畳を片付けるのは面倒くさい、茶室は茶室にしておきたいと、なかばむりやり八畳間を押しつけたのだろうが、佐七にしてみれば、たとえもと定町廻《じょうまちまわ》り同心《どうしん》であろうと、新参者は新参者であった。自分で片付けてでも、三畳の部屋に住まうべきであった。ところが、この新参者は「申訳ねえような気がするな」と言いながら恐縮するようすもなしに八畳間へ入り、ねじり鉢巻に陣端折《じんばしょ》りという姿で庭へ降りてきたのである。

十年もここで暮らしているような顔つきだった。

飯炊《めした》き暮らしの長い佐七は、庭掃きも雑巾《ぞうきん》がけもお手のものである。近頃は、雑巾がけのあとに腰が痛むようになったが、それでもまだ、山口屋の小僧や女中に負けはしない。乞《こ》いに応じて庭掃きを教え、はたきのかけ方も雑巾がけも教えた。薪割《まきわ》りも教えたし、昼の八つ半には風呂《ふろ》の水を汲《く》み、夕暮れ七つには湯へ入れるようにするのだとも教えた。が、今もつづいているのは、薪割りと水汲みだけだった。当人は庭掃きも雑巾がけも面白がっているようだが、覚えがわるい。つい佐七が、俺がやるから旦那《だんな》は引っ込んでなと言ってしまったのである。

言うつもりは、爪《つめ》の垢《あか》ほどもなかった。庭掃きをしている慶次郎を手代《てだい》が見かけ、手代の知らせに主人と大番頭が駆けつけて大騒ぎになったこともあったし、じっとしていると躯《からだ》がなまると言うので、山口屋には内緒で高箒《たかぼうき》を渡してやって、大事な楓《かえで》の枝を折られてしまったこともあった。その上、「俺のしくじりだから」と、枝を持って慶次郎が山口屋へ詫《わ》びに行ったのだが、叱《しか》られたのは佐七だった。大番頭の文五郎が、顔色を変えて寮へ飛んできたのである。割りの合わないことこの上ないが、凩《こがらし》の吹き荒《すさ》ぶ日に庭掃除を慶次郎にまかせ、小部屋で渋茶を飲むことを考えると、簡単に御役御免を申しつけるわけにはゆかなかった。根気よく、庭掃除のこつを教えるつもりだったのである。

それなのに或《あ》る日、「旦那は将棋でも何でも、好きなことをしてなさるがいいや」という言葉がすらりと出た。しまった、手前《てめえ》で手前《てめえ》の仕事をふやしたと思ったが、あとの祭だった。

その上、「とんでもない、俺は寮番に雇われた男だよ」と真顔でかぶりを振る相手を見て、誰もこの男を寮番だなどと思っていないことに気がついた。山口屋の主人夫婦、大番頭の文五郎、手代、小僧は無論のこと、佐七ですら、そう思っていなかったのである。

しばらくの間は陣端折りで庭へおりてきた慶次郎も、邪魔だ、邪魔だと佐七に追い払われ、縁側で所在なげにあごを撫《な》でていたり、小川の石橋の上で発句《ほっく》を書きつけたりしているようになった。そして、あらためて気がついてみると、その方がおさまりがよいのである。お互いが、いるべきところにいるような気がするのだ。

高箒もはたきも雑巾も、佐七の手に戻ってきた。慶次郎は、いまだに庭掃きは自分の役目と思っているようで、楓の植えられていないところを掃いたりもしているが、佐七は楓の中を掃いたついでに庭の隅々までもう一度掃く。慶次郎が思っているほど、役に立ってはいないのである。おまけに飯は炊けないし、味噌汁《みそしる》もつくれない。もとは定町廻り同心でも今は寮番じゃないか、醤油《しょうゆ》を小皿へつぐくらいは自分でやれと言いたくなる時もある。早く言えば、薪割りと水汲み以外、佐七の仕事は減っていず、逆に慶次郎の茶碗《ちゃわん》や湯呑みを洗ってやったり、洗濯物をたたんでやったりする仕事がふえているのだった。

が、そんな男でもいてくれた方がいい。一人でぼそぼそとめしを嚙《か》み、味噌汁をすっているより、めしや味噌汁を碗によそってやる方がはるかにいいのだが、この男は始終外出する。定町廻りの頃には〝仏〟という綽名《あだな》がついていたとか、揉《も》め事を内々に片付けてもらいたい者や大きな声では言えぬことを相談にくる者が、いまだにあとを絶たぬのである。

「行ってみるか」と、慶次郎は気軽に立ち上がる。それでなくとも、八丁堀《はっちょうぼり》の屋敷には目に入れても痛くない孫がいるし、上野の仁王門前町には、慶次郎の訪れをひたすら待っている女がいるのだ。

「ま、いいけどさ」

佐七は、好物の煎餅をかじっては渋い茶を飲み、蟬《せみ》の鳴き声が降るような昼の八つ半には行水《ぎょうずい》を使って、夕暮れ七つの鐘が鳴る頃には床を敷いてしまう。煎餅の食べ過ぎで満腹になっている時はそのまま横になり、少し物足りないと思う時は、時雨岡《しぐれのおか》のよろず屋へ、あまりうまくない団子を買いに行く。

袋の中をのぞいてみると、煎餅は一枚しか残っていなかった。この暑さの中を、うまくないとわかっている団子を買いに行くのも気のきかぬ話だったし、極上の酒を飲んだあと、団子で腹をいっぱいにするのは、なお気のきかぬ話だった。

佐七は、台所脇の小部屋へ行った。茶簞笥の戸棚の中に、昆布《こんぶ》の佃煮《つくだに》が入っていた筈だった。漬物樽《だる》をかきまわせば、今朝漬けたばかりの胡瓜《きゅうり》と茄子《なす》のほかに、古漬の一本くらいは見つかるかもしれなかった。

「焼いた味噌と佃煮で酒を飲んで、茶漬けでも食うか」

どうせ飲むなら、今から飲んでもいい。味噌を焼こうと、佐七は、裏口の外へ七輪《しちりん》を持ち出した。

が、焚《た》き付《つ》けにするものがなかった。煎餅を出し、袋を引き裂いたが、反古《ほご》紙がもう一枚欲しい。

慶次郎に言えば、詰将棋を考えるつもりで駒《こま》の動きを書きなぐった紙や、下手《へた》な句を書いて消してしまった紙などが即座に出てくるだろうが、勝手に探すわけにはゆかない。

煎餅の袋が一枚くらい残っていないだろうかと、佐七は夜具などを入れている戸棚を開けた。袋はなく、柳行李《やなぎごうり》の蓋《ふた》がずれていた。昨日、文五郎が慶次郎に仕着せと称する浴衣《ゆかた》を酒と一緒に届けにきて、おそらくはそのついでに、佐七へも新しい浴衣を持ってきてくれた。文五郎が帰ったあとで、早速、古い浴衣を払い下げたのだが、その時にきちんと閉めなかったのかもしれなかった。

佐七は行李を出した。閉めなおそうとしたが、斜めに蓋をしてしまったのか、柳で編まれた深い蓋はまるで動かない。やむをえず、いったん開けると、新しい浴衣の下から、古い財布がのぞいていた。

行李に財布を入れた覚えはなかった。が、見覚えのない財布ではなかった。ずっと以前に入れておいたものが、古い浴衣を出した時に、ひきずられて出てきたのかもしれなかった。

「何年前のものだろう」

佐七は、火をおこすことを忘れて財布を持った。中に紙が入っているようだった。

はずれの富札《とみふだ》か何か、そんなものが入れ忘れたままになっているのだろうと思ったが、ちがっていた。しみだらけ、皺《しわ》だらけになっているが、奉書紙《ほうしょがみ》につつまれた手紙だった。

こんなところへ入れておいたのか。

そう思った。

半次のことも、半次からの手紙も忘れたことはない。が、手紙は風呂敷にくるんで行李に入れておいたような記憶がある。三十四歳で山口屋の寮番となるまでには幾つかの商売を経験し、引越も繰返していて、そのどこかで財布に入れなおしたのかもしれなかった。

佐七は、膝《ひざ》の上に手紙をひろげた。あの時、佐七も半次も十八歳だった。

江戸は火事の多いところだが、安永七年二月にも、日本橋の本石町《ほんこくちょう》から出火して、霊岸島から深川まで延焼する大火事があったという。佐七は、かぞえの二歳だった。

無論、その火事のことは知らない。突然大風が吹いて、消えかかっていた火が、誇らしげに纏《まとい》を振っていた火消《ひけし》達を嘲笑《あざわら》うように舞い上がり、周囲の屋根を舐《な》めながら深川までのびて行ったという。その光景や、炎が踊り狂ったあとの、ところどころで煙が上がっている黒い焼野原の光景が、見ていたように頭に描かれているのである。

その時、半次は両親を失った。

佐七の両親は、父が所帯道具を背負い、母が乳飲み子の佐七を背負って、呆然《ぼうぜん》と焼野原に立ちつくしていたそうだ。甲州から出てきてまもない時だったとか、後年、母は「江戸へ行こうと言ったって、頼る人がいたわけじゃないのだけどね」と苦笑いをしていたものだった。幼馴染《おさななじ》みが木綿問屋《もめんどんや》で働いていると聞いて、父が遮二無二《しやにむに》江戸へ行く決心をしたらしい。ところが、その幼馴染みは、「知り合いの木綿問屋のってで、豆腐屋だか八百屋だかで働かせてもらってる人」だったのである。

物心ついた頃は、浅草田原町《たわらまち》で暮らしていた。父親は、行商をしていたようだった。家の中に扇があったり古傘があったり、軒下に竿竹《さおだけ》がたてかけてあったりしたことを考えると、つてを頼っては、少しでも利の多い商売へかわっていたのかもしれない。日焼けした顔で、疲れた足をひきずるようにして戻ってくると、「お前は、おっ母《かあ》にばかりくっついているんだな」と、妙にひややかな口調で言っていたのを覚えている。

父親がそう言っていたのを、母親が知っていたかどうかはわからない。母親は、父親が稼いでくる金だけでは暮らしてゆけぬため、さまざまな内職に手を出していた。

風車をつくり、羽根をつくり、それらの仕事が少なくなると、針磨きまでひきうけていた。手先が器用だったせいか、持ち込まれる風車と羽根の量は次第にふえていって、幼い佐七が手伝わねばならぬほどになっていたのである。

内職を手伝わぬ時の佐七は、母のかわりにめしを炊き、魚を焼いた。板のようにかたくなっている母の肩を、懸命にもみほぐしてやる時もあった。近所の子供達と独楽《こま》をまわしたり、竹馬に乗って遊んだ記憶はないし、たいていの子が六つから通う寺子屋へも、八つになってから行った。

が、十歳になる前に通うのをやめた。自分より年下の子が漢字を読めるようになっていて、こんな字も知らないのかと始終からかわれ、仲間はずれにもされたからだった。からかわれたり、仲間はずれにされる寺子屋より、母のそばに坐《すわ》って風車や羽根をつくっていた方がいい。母は決して口数の多い方ではなかったが、それでも「上手にできたねえ」とか、「少しお休み」などと佐七を気遣ってくれた。寺子屋よりはるかに心地よい居場所だったし、暮らしの助けにもなった。

ただ、子供心にも、このままでよいとは思っていなかった。風車や羽根づくりの内職で一生暮らしたいとは思えず、かといって、父親のように扇を売ってみたり古傘買いになってみたり、始終商売を変えるのはなおいやだった。

母親も心配になったのか、給金なしでよいからしばらく佐七を働かせてやってくれと、近くの金物屋へ頼みに行った。

金物屋の夫婦は、人がよいと評判だった。奉公してみれば評判ほどではなかったが、隣りの乾物屋より吝嗇《りんしょく》ではなく、その隣りの味噌屋より口やかましくなかったとは今でも思っている。

が、佐七は、一月《ひとつき》もたたぬうちに家へ戻った。客との応対ができなかったのである。使いやすい大きさだとわかっているのに、鍋《なべ》を手にしている客にそう言ってやることができない。買うときめた客が二朱銀でも出そうものなら、銭《ぜに》の相場が頭に入っていても勘定ができなくなった。終《しま》いには、店へ入ってくる客の下駄《げた》の音を聞いただけで恐しくなり、厠《かわや》へ逃げ込んでしまったほどだった。

近所で働かせようとするからこういうことになると、父親は言った。「だったらお前さんが仕事を見つけておやりなさいよ」と母親はわめいていたが、次の仕事を探してきたのもやはり母親だった。それも、客と応対をせず、黙って手を動かしていられるようにと考えてくれたのである。

佐七が、芝切通《きりどお》しの笛師、宮井《みやい》朔童《さくどう》の弟子となったのは、十五の時だった。決して早い弟子入りではない。前年に十三歳で弟子入りした子供がいて、その子ですら、もう一年か二年、早い方がよかったと言われていた。佐七は、喜作という一つ年下の弟子を「兄《あに》さん」と呼ぶことになった。

何の仕事でも同じだろうが、はじめから仕事場に坐らせてもらえはしない。また、手取り足取りして、手順を教えてもらえるわけではない。仕事場の掃除をし、師匠や兄弟子に言いつけられた雑用を片付けながら、技を覚えてゆく。頃合いを見て、師匠が一番やさしいと思われるところだけを、「やってみろ」と言ってくれるのだが、そこではじめて道具を手にするような者はいなかった。

不要となった材料を集めておき、師匠や兄弟子達が眠っている深夜の仕事場へ降りて行くのである。笛師ならば、師匠が使いものにならぬと捨てた篠竹《しのだけ》を拾っておいて、見様見真似《みようみまね》で穴を開け、籐《とう》を巻く。必要な道具は、それと察した師匠や親方が黙って渡してくれることもあるし、弟子が、小遣いをためて買っておくこともあった。

佐七は、何も知らなかった。が、篠笛には興味があった。一度だけ見に行ったことのある芝居では、名のある囃子方《はやしかた》だという体格のよい男が嫋々《じようじよう》たる音色を聞かせてくれたし、田原町の仏具屋の倅《せがれ》は、祭りになると、へたな玄人《くろうと》がつくったものよりいいと言われている自作の調べを飽きずに吹いていたものだった。佐七も、いつかあの音色を夜空に響かせてみたいと思っていたのである。

年下の兄弟子、喜作は、売り物にはならぬものの六本調子と八本調子の二本を完成させ、兄弟子達が湯屋へ行き、佐七が仕事場の掃除をはじめると、その笛を持って愛宕山《あたごやま》の石段をのぼって行った。風の具合によっては彼の吹く笛の音が夕暮れの町に降ってきて、師匠などは、もう少しまともなものがつくれるようになってから吹きゃあいいのにと苦笑していたものだった。

「お前《めえ》はつくらねえのか」

と、一番年上の兄弟子が言ったのは、佐七が弟子入りしてから半年ほどがたった時だった。

「あいつに遠慮をしなくってもいいんだぜ」

年嵩《としかさ》の兄弟子は、捨てられた篠竹の中から使えそうなところを探している喜作の方へあごをしゃくってみせて、声をひそめた。

「遠慮をしてたら、いつになっても一人前にゃなれねえぜ」

佐七は、上目遣いに兄弟子を見た。兄弟子は暗に、年下の彼を押しのけてもいい、笛づくりの稽古《けいこ》に使えそうなところがあったなら先に取ってしまってもいいと言っているようだった。「順番かと思っていました」と、佐七は口の中で言った。捨てられた篠竹を拾うのにも、順番を待っていなければいけないのだと思っていたのである。

どこが気に入らなかったのか、できあがった笛を叩《たた》き割って、師匠が深夜の仕事場に坐りつづけていることもある。兄弟子が夜を徹して籐を巻いていることもあり、佐七が仕事場へ降りて行けば、喜作の坐るところがなくなってしまうこともある。

「ばかやろう」

と、兄弟子は、声を押し殺して怒鳴った。

「能天気《のうてんき》なことを言ってるんじゃねえ。誰がお前《めえ》のために、わざわざ仕事場を空《あ》けるかってんだ。手前《てめえ》が布団《ふとん》にくるまって眠っている間にも、頭ん中に響いている音がどうすれば出るのか気になった時は、俺達は寝床から飛び出して仕事場へ降りて行くんだ」

佐七は黙って俯《うつむ》いた。

風車は、糊《のり》をぬる時に失敗しなければ風でまわる。羽根も、その時の手の加減や羽によって、よくまわりながら飛んでゆくものと真《ま》っ直《す》ぐにあじけない飛び方をするものができる。が、内職の依頼主は何も言わずに引き取って行った。娘達に交じって若い衆が羽根つきをする時など、わざと真っ直ぐに飛ぶものを選ぶ時もあるのだという。当然、値段は同じだった。風車はよくまわる方を選ぶ者が多いけれども、やはり値段は変わらない。

篠笛は、誰もが手に入れやすい笛ではあるが、それでも、宮井朔童がつくるような高額なものと、縁日で売られているような安物がある。芝居の囃子方から注文がくるような篠笛は、喜作を仕事場から押し出してでも自分の腕を磨かなければ、つくることができないのである。

「いやだな」

そう思った。よほどの出来損ないでないかぎり、ひきとってもらえる風車や羽根をつくっている方が、俺はいい。

それでも、兄弟子の好意を無にするわけにもゆかず、教えられた通りに篠竹を切って、その夜の仕事場へ降りて行った。あとから降りてきた喜作は、二、三寸の短い竹を持っていた。笛にできるような部分が見つからなかったので、籐の巻き方を工夫するつもりらしかった。

長い篠竹を手にしている佐七を見て、面白かろう筈《はず》がない。あきらかに不満そうな顔をしたが、日頃から彼を可愛《かわ》いげのない若者と思っていたらしい年嵩の兄弟子が、佐七を自分のそばに坐らせていたので、その夜は何事もなくすんだ。が、翌日、師匠に用事を言いつけられた佐七が出かけようとすると、草履が片方なくなっていた。

「何をぐずぐずしているんだ」

気の短い師匠から罵声《ばせい》が飛んだ。草履がなくなっているのだと訴えても、「お前の脱ぎ方がわるかったのだろう」と取り上げてもらえなかった。見かねた兄弟子が立って行って、薪の中へ押し込まれていたという片方を持ってきてくれた。礼を言って裏口から飛び出したが、兄弟子が難なく草履を探し出せたということは、以前にも同じような出来事があったからだろう。二十一歳の兄弟子の下が二十歳、その下が十四歳と大きく間があいているのは、朔童が弟子をとらなかったのかもしれないが、数少ない高名な笛師になりたい一心で、兄弟子が弟弟子の邪魔をして、それに耐えられなかった者がやめていったのかもしれないのである。

いやだ。

佐七は身震いをした。母と二人で内職に精を出していた日が、脳裡《のうり》をよぎっていった。

あの日の方がいい。誰も押しのけず、誰の足も引っ張らず、でも、暮らしてゆけたのだ。将来、佐七も女房をもらうだろうが、その時は、母親と女房と三人で風車や羽根をつくればよい。父親だって、妙な意地を張っていずに行商をやめてしまえばよいのである。親子夫婦四人、一区切りついた者が昼飯の仕度をし、茶をいれる。子供が生れたなら、かつての佐七が母親を手伝ったように、息子にも娘にも風車づくり、羽根づくりを覚えさせる。貧乏とは縁がきれないかもしれないが、食えればいいじゃないか。

「お前《めえ》、ほんとに不器用だなあ」

と、兄弟子は、籐を巻く佐七の手つきを見て、感心したように言った。

「穴を開ける時も、あれじゃ怪我《けが》をするだろうと思って見ていたら、案の定、小刀で手前《てめえ》の指を削りゃがった」

佐七は決心した。明日にでも暇をとり、家へ帰ろうと思った。が、笛師にはむいていないような気がするという佐七への師匠の返事も、師匠からの連絡であわてて飛んできた母親の言葉も、「多少の辛抱ができずにどうする」というものだった。

半次に会ったのは、その頃だった。

安永七年の火事で両親を失った半次は、中村座出入りの鰻屋《うなぎや》に育てられ、楽屋に蒲《かば》焼《やき》の出前をしながら囃子方の一人に笛の稽古をつけてもらっていた。たまたま中村座で朔童に出会い、いい笛を買うために小遣いをためていると言うと、朔童が、それなら俺の家へこい、お前に吹かせてみたい笛があると言ったらしい。

半次がたずねてきた時、朔童は留守だった。兄弟子が半次を客間へ案内し、話を聞いたが、朔童がどの笛を吹かせてみたいと言ったのか、わかる筈もなかった。朔童が帰ってくると、半次は力のない声で言った。朔童の笛が手に入ると意気込んできただけに、落胆も大きかったのだろう。せめて――と思ったのかもしれない。兄弟子は佐七をふりかえって、「近道を教えて差し上げな」と言った。

佐七は、黙って立ち上がった。すでに気をとりなおしていたらしい半次は、人なつこそうな笑顔を佐七へ向けた。親しげな振舞いに慣れていない佐七は、目をしばたたいて俯いたが、半次は、笑顔を消さなかった。笑顔に戸惑う人間がいるとは思っていなかったのだろう。

「すまないね。そのあたりまででいいよ」

「いえ、この辺の道はわかりにくいですから」

佐七より兄弟子が先に答え、佐七は、やむをえず出入口へ立って行った。半次はあいかわらず人なつこくて、履物を揃《そろ》えてやれば恐縮し、先に立って歩けば追いついてきて、二、三歩下がって行こうとすると、足をとめて待っていた。

「俺、笛吹きになりてえんだ」

俺ははじめて会った人間だぞと思った。どういう人間かまだわからぬ相手に胸のうちを話すなど、佐七には考えられぬことだった。

「俺、十五だけど、お前もそのくらいだろう?」

ためらったが、うなずいた。それくらいの返事はしてもいい。

「ほら、小柄で、どう見てもお前より年下らしい奴《やつ》を、お前、兄《あに》さんと呼んでいたじゃないか。何かわけがありそうだなと思ってさ。俺あ、浪人者の倅だが、生れた翌《あく》る年に両親が死んじまってね。半次って名前も、親がつけてくれたものじゃないんだ」

年下の兄弟子にあごで使われていた佐七を見、家に事情があったので朔童への弟子入りが遅れたものと、勝手な解釈をしたらしい。佐七は低い声で、両親とも生きていると言った。

「なあんだ」

がっかりした声になった自分がおかしかったのか、半次は、声をあげて笑った。佐七もつられて口許《くちもと》をほころばせ、それから少しずつ声を出して笑った。はじめて会った者と一緒に笑うのも、わるい気分のものではなかった。

「なあ」

と、半次は、佐七と肩を組んで言った。

「見ててくんな。俺は、必ず笛吹きになる」

「どうして？」

思わず佐七は尋ねた。名のある笛師には、人に遠慮をしていてはなれぬと教えられた。名高い笛吹きとなるのには、もっと人と競わねばならぬことが多いだろう。激しく競い合うより、店の奥で鰻を裂き、焼いていた方がどれだけ穏やかな気持でいられることか。

「佐七さんっていったっけ？　弱気だなあ、佐七さんは。いや、さあちゃんは」

さあちゃん？

佐七は、半次が呼んだ自分の名前を、口の中で繰返してみた。

「蒲焼の職人だって、焼かせてもらえるまでには大変なんだぜ」

何にでも競《せ》り合いはあると、半次は年寄りのような口調で言った。みなしごとなった半次は鰻屋にひきとられることになったが、その一月《ひとつき》か二月《ふたつき》後に、やはり火事で両親を失った男の子が鰻屋へ連れてこられたのだという。

「俺はまったく知らなかったんだけどさ。七つくらいの子で、親戚《しんせき》があずかってくれないとかで、町役《ちょうやく》が、もう一人ひきとってもらえまいかと鰻屋のおやじに頼みにきたんだって。可哀《かわい》そうだが、二人ひきとるのはむりだって、断ったって聞かされた。ぞっとしたよ。どんな経緯《いきさつ》で俺がおやじにひきとってもらえたのか知らないけど、一月《ひとつき》か二月《ふたつき》あとだったら、俺が断られていたかもしれないんだぜ」

あの火事で両親を失っていたならば、佐七はどうなっていたか。鰻屋にひきとられていたとしても、笛吹きや笛師に可愛がられていたとは思えない。

「死んだ俺の親父《おやじ》は、中村座で笛を吹いていたんだって。浪人者の内職だよ。そりゃあ仕官をして、堀田《ほった》とかいう家を再興するのが望みではあったのだろうけど、役者衆の話を聞くと、親父は笛吹きの内職も嫌いじゃなかったようなんだよ。舞台の袖《そで》で吹いていたのだけど、傘張りよりずっと面白いと言っていたんだそうだ」

物好きな人だと、佐七は思った。

「な？ 俺は笛吹きにならないといけないだろ」

「堀田とかいうお家は、そのままでいいのかえ」

「鰻屋の伜になっちまった俺が、どうやって家を興《おこ》すんだよ」

半次は、佐七の顔をのぞきこんで笑った。

「でも、それがかえって幸いなのさ。俺を拾ってくれた鰻屋のおやじも、はじめのうちは仕官してどうのこうのと言ってたけど、今じゃ堀田さんも笛がお好きだったらしいからなと諦《あきら》めている。俺は、あと三年、今のままで稽古をつづけるんだ」

半次は、囃子《はやし》方《かた》として有名な男の名をあげた。佐七ですら知っている名前で、芝居の世界では、唄《うた》、三味線、鳴物《なりもの》まで、その男の言葉によって動いているという。

「今の師匠についてもっと稽古をして、十八になったら、そのお人に俺の笛を聞いてもらうんだ。筋がよいということになれば、その場で弟子にするという約束をもらったんだよ」

「ふうん」

「さあちゃん」

半次は、足をとめて佐七を見た。

「師匠が留守で、さあちゃんに送ってもらったのも何かの縁だよ。きめた。俺、その時、さあちゃんがつくった笛を吹く」

「よしなよ」

佐七は、かぶりを振りながらあとじさった。笛の音をつくるのは笛吹きだというが、それならば朔童の笛を吹いても、縁日で売っている笛を吹いても、音色は同じということになる。朔童の笛と縁日の笛が、同じ音色であるわけはなかった。

「いやだよ。俺に、ろくな笛のつくれるわけがないよ」

「どうしてさ」

「どうしてって、俺は不器用なんだよ。頼むから、師匠の笛を使っておくれよ」

青くなってかぶりを振る佐七がおかしいと言って、半次はまた声をあげて笑った。

「俺は、不器用な人ほど確かなものをつくってくれると思ってるんだけどな。でも、わかったよ。さあちゃんがそんなにいやがるなら、そのお人の前では使わないことにするよ」

「約束だよ」

「約束する」

そのかわり——と、半次は小指を佐七の前へ差し出して言った。

「これはと思うものをつくったら、俺に知らせておくれよね。俺、さあちゃんが一番はじめにつくった笛を買いたい」

「上げるよ」

自分でも思いがけない言葉だった。が、そんな言葉を口にできたのが嬉《うれ》しかった。

佐七は、半次と指切りをした。明日にでも家へ行って、笛師にはなりたくないともう一度母に訴えるつもりだったが、三年間は辛抱しようと思った。生れてはじめて友達らしい話をすることができた半次に吹いてもらう一本だけは、つくりあげたかった。

不器用だなあ、お前《めえ》は。

その言葉を、佐七は幾度言われただろう。不器用な男が或《あ》る日ふいに素晴らしい笛をつくり出すこともあると、三度に一度、いや七度に一度くらいは佐七の仕事ぶりを見ている自分にそう言って、根気よく稽古《けいこ》の場をあたえていた朔童と兄弟子も、しまいには「不器用だ」とも「或る日ふいに」とも言わなくなった。佐七の不器用が、水が高いところから低いところへ流れて行くのと同じように、ごく当り前のことになってしまったのかもしれなかった。

が、佐七は、昼も夜も仕事場にいた。頼まれもせぬのに朔童へ茶をはこんで行って、籐《とう》を巻く朔童の手を見つめたり、兄弟子が指穴を開けている時にさりげなくそばへ寄ったりして、技《わざ》を盗むことに努めもした。

「お前《めえ》にやってもらうとするか」

昨日のことのように覚えている。十八歳になった正月の三日、晴天だった。そして少し強い風が吹いていて、凧《たこ》を上げる子供の声が、朝から騒々しいくらいに聞えていた。その日、年始まわりから帰ってきた朔童が、どてらに着替えてからそう言ったのである。

「子供につくってやってくれと親戚に頼まれたのさ。八本（調子）をつくってみねえ。

ちょいとむずかしいかもしれねえが、子供のものだ。気楽にやりな」

興奮と緊張で声も出なくなって、佐七は黙って頭を下げた。

弟子にはじめて笛をつくらせる時、朔童は必ず、同じものを二管つくれと言う。一つは依頼主へ渡すが、一つはつくった弟子のものにしてくれるのだ。一番年上の兄弟子も二番めの兄弟子も、幾つになっても小生意気な感じのする喜作も、はじめてつくったという六本調子の笛を高価な袋に入れて持っていた。百両出すと言われても売りたくない宝物だというのである。

その気持はわからないではなかったが、佐七は少し大仰だと思っていた。が、幾本かの篠竹をむだにして、ようやく二管の笛ができあがった時、それは不遜《ふそん》な考えであったと気がついた。兄弟子達が何物にもかえがたい宝物だと言っているのは、その笛への気持のほんの一部でしかなかったのである。

はじめてつくった笛は、光り輝いて見えた。と同時に、兄弟子から見せてもらった彼のはじめての笛よりも、はるかに出来がわるいようにも思えた。はじめての笛は、どれよりも素晴しく、どれよりも出来がわるく思えるのに愛《いとお》しく、宝物だと一言で言えるようなものではなかったのである。

朔童は佐七の笛を見て、「こんなものだろうな」と言った。それでもその日のうちに親戚へ行って、佐七の笛を渡してきたようだった。

翌日、佐七は一刻《いっとき》あまりの暇をもらい、半次のいる葺屋町《ふきやちょう》へ向った。

三年前のあの翌々日、半次はふたたび朔童の家をたずねてきて、四本調子の笛を買い、六本調子の笛をもらって行った。朔童は、半次の父の堀田 某《なにがし》を知っていたらしく、残された子がどうしているのか気がかりであったのだという。「食べもの屋にひきとられたとまでは聞いていたが、まさか笛吹きになりたい鰻屋《うなぎや》の出前持が、堀田さんの息子であったとはな」と、朔童は上機嫌で六本調子の笛を渡してやり、四本調子のそれも、安い値で売ってやったのだった。

その日、もう一度近道を教えてくれと頼まれて、佐七は途中まで半次を送って行った。半次は朔童の笛を大事そうにかかえていながら、「さあちゃんの笛、待ってるぜ」と言った。

「俺はさ、さあちゃんとちがって愛想がいいだろう？　でも、ほんとうは多分、さあちゃんのように無愛想なんだ」

「まさか」

「人に会うと、ひとりでに愛想がよくなるんだけど」

半次は、そこで言葉を切った。次の言葉をつづけるかどうか、迷っているように見えた。

「俺の愛想のよさは、俺が拾われた子だからという気がするんだよ。愛想をよくしなければいけないと、物心つかないうちからわかっていたような気がするんだ」

半ちゃん――。

と、はじめて佐七は半次を呼んだ。

「半ちゃんの愛想のよさは、生れつきだよ」

半次は佐七を見て、笑いながらかぶりを振った。愛想のよい笑顔だった。

「俺、はじめて会った時から、無愛想にしていられるさあちゃんが羨《うらや》ましくってさ」

「羨ましがられるようなことじゃないよ」

「ま、その通りだけど」

半次は、はじめて会った時と同じ屈託のない声で笑い、佐七の肩を叩《たた》いた。

「待ってるんだぜ、俺。さあちゃんの笛を」

「朔童師匠の笛が手に入ったじゃないか」

「これはこれで嬉しいけど」

と、半次は言った。

「俺は、さあちゃんの笛が性《しょう》に合うような気がしてならないんだよ。似たものどうしで」

佐七は笑い出した。母親以外の人の前で、先に笑い出したのははじめてであったかもしれない。

「必ず、十八になるまでにはつくってくれよな」

「でも、何とかいう偉い人の前では吹かない約束だったぜ」

「約束は守るさ。でも、さあちゃんの笛は、きっと性《しょう》に合う。師匠に言わせると、俺は、ここが聞きどころだぞと人に媚《こ》びるような吹き方をするらしいんだけど、さあちゃんの笛を持っていれば、そんなこともなくなる気がするんだ」

十八までには必ずつくる。

佐七はそう言って小指を突き出した。

それ以来、佐七は昼も夜も仕事場に坐《すわ》り、篠竹に穴を開け、管内に漆《うるし》を塗って籐を巻きつづけた。が、朔童にも兄弟子にも、「不器用だなあ」と呆《あき》れるより感心されて、仕事らしい仕事はさせてもらえなかった。十七歳の暮には葺屋町へ行って、十八までにという約束の守れそうにないことを、口惜《くや》し涙をこぼしながら詫《わ》びてきたのだった。

葺屋町へ向う足は軽かった。百両でも売りたくない笛だったが、半次に渡すのは惜しいと思わなかった。むしろ、いくらかの礼金をくれた朔童の親戚から、それは俺の笛だと言って取り返してきたかった。

半次は、鰻に串《くし》を打っていた。佐七は、通りかかった小僧に半次を呼んでくれるように頼んだ。半次は顔を上げて佐七に気づくと、蒲焼を焼いている四十がらみの男に断りを言い、桶《おけ》の水をかきまわすようにして手を洗って路地へ出てきた。

「これ」

笛は、芝日影町で買った臙脂色《えんじいろ》の袋に入れてあった。半次は佐七の差し出した臙脂色の袋と佐七の顔を交互に眺め、それから口許《くちもと》をほころばせた。が、いつものような愛想のよい笑顔にはならなかった。少し泣き顔が混じっているように見えた。

「できたのかえ」

「うん」

「俺、この秋に例のお人の前で笛を吹くことになった」

「それなら間に合ったね」

「うん。さあちゃんの笛があれば百人力だ。きっと弟子入りさせてもらえるよ」

半次を呼ぶ不機嫌な声が聞えてきた。半次が兄さんと呼んでいる、鰻を蒸している男だった。いずれ、その男が店を継ぐだろうと半次は言っていた。半次は言っていた。

半次は動こうとせず、手早く袋を開けて笛を出した。唄口を唇に当て、小さな音を出してみせた。

何をやっているんだ、仕事の最中に。

同じ声が半次を呼んだ。

「ごめんよ、兄さん」

半次は愛想のよい顔で男をふりかえり、それから泣き顔の混じったような表情に戻って佐七を見た。

「これ、俺の借りだよ」

「とんでもない。半ちゃんにあげるつもりでつくったんだよ」

「借りだよ。弟子入りさせてもらってさ、舞台に上がらせてもらえるようになったら、初日にさあちゃんにきてもらうんだ」

「わかった。必ず、借りを返してくんなよ」

三度めの指切りだった。

が、その冬に、この手紙がきた。今から思うと、半次はすでに鰻屋を飛び出していたのかもしれない。

佐七は、浅草へ戻る決心をしていた。佐七を可愛《かわい》がってくれた一番年上の兄弟子が一人立ちし、いれかわりに朔童の遠縁に当るという十六歳の少年が弟子入りしてきたのだが、佐七の腕前は、あいかわらず四番目だった。朔童の遠縁に当る若者は、他の笛師について修業を積んでいたのである。

朔童は佐七に一人立ちした弟子の名を言って、あいつが十八の時には、一人前の仕事をしていたと溜息《ためいき》をついた。喜作、遠縁の若者と、佐七より年下の二人に仕事があり、年齢だけは上から二番めとなった自分が使い走りをひきうけるのは、いくら波風のたたぬ方がよいと思っている佐七でも情けなかった。半次の初舞台を見るまでの辛抱と自分に言い聞かせても、風車の内職をしていても初舞台は見に行けるという答えがどこからか聞えてきて、なお情けなくなった。半次からの手紙がもう一月《ひとつき》遅く届いていたら、佐七は浅草へ帰っていたにちがいない。

もう初舞台かと、佐七はなかば胸を躍らせ、なかば半次の才能を羨みながら封を切った。が、手紙には、「例のお人は、俺の笛を、物売りの呼び声が消えてゆく間ほども聞いてくれなかった。初日にさあちゃんを呼ぶ約束ははたせなくなったので、せめて今、さあちゃんに聞いてもらいたい」と書かれていた。

愛宕山で待っているという日付は、手紙の届いた日だった。八つ半過ぎには行っていると書かれていたが、手紙を開いたのは夕七つに近かった。佐七は、読みかけの手紙を懐《ふところ》へ押し込んで仕事場を飛び出した。どこへ行くのだと朔童が声を張り上げたような気がしたが、ふりかえりもしなかった。

長い階段を、肩で息をしながら休みもせずに駆け上がった。半次は、愛宕山権現《ごんげん》の総門に寄りかかり、懸命に階段をのぼってくる佐七の姿にさえ気づかぬようすで山下を眺めていた。

「半ちゃん――」

佐七の声で我に返ったらしい半次は、てれくさそうに笑った。あいかわらず愛想のよい笑い顔だったが、佐七が階段をのぼりきるのを待たずに、総門の向う側へ歩き出した。

「待ってくんなよ」

足は、もう動かなくなっていた。両手をつき、這《は》うようにして階段をのぼりきって、権現社へ歩いて行く半次を呼びとめたが、半次は足をとめなかった。

「権現社のうしろで待ってるから」

ばかやろうと思った。いくら性根《しょうね》は無愛想だからといって、息も絶え絶えの友達を見捨てて歩いて行く奴《やつ》がいるかと思った。が、総門に寄りかかって一休みした佐七が権現社の裏へ行くと、衿《えり》もとをきっちりと合わせた半次が地面に坐って待っていた。佐七も思わず草履を脱いだ。十月に入った夕暮れの地面はつめたくなっていたが、佐七も膝《ひざ》を揃《そろ》えて坐った。

半次が笑った。はじめて見る、愛想がよいだけではない笑顔だった。

「いいんだよ、さあちゃんは。大事なお客様だから、あぐらをかいても、石に腰かけてもいいんだ」

佐七は、草履を持って立ち上がった。半次の真正面へ行って、坐り直したのだった。

半次が笛を持った。頭から筒口までが、朔童が渡したものより短かった。八本調子の笛であった。唄口《うたぐち》をしめらせて吹きはじめたのは、ゆったりとした曲だった。が、鋭いくらいに鳴って消えてゆく高音がせつなく、地から湧《わ》いて地に吸い込まれてゆくような低音が淋《さみ》しかった。

これが、俺のつくった笛の音だと思った。それも、最初で最後となるにちがいない笛の音だった。佐七は明日、暇をとる。朔童の親戚《しんせき》へ渡された笛は、玩具《おもちゃ》がわりに使われて、やがて埃《ほこり》をかぶったまま捨てられるだろう。そして多分、これから半次が笛を吹くこともない。

愛宕山が夕焼けに染まっていた。半次は、佐七の笛を吹きつづけた。誰にどんな怨《うら》みを伝えたいのか、笛は時折すすり泣き、時折怒っているように張りつめた音を響かせた。媚びているような感じは、まるでなかった。何事が起こったのかと僧坊から幾人かの僧が出てきたが、無心で笛を吹いている半次と、身じろぎもせずに聞き入っている佐七を見ると、黙って引き返して行った。

そうだよ、あの時の笛の音は、みんな俺のものだった。俺あ、中村座を買いきったような気分で半次の笛を聞いていたんだ。

半次も、舞台の中央に坐り、大入りの客に笛を聞かせているつもりだったにちがいない。小半刻《こはんとき》ほど半次は笛を吹きつづけて、松の枝を揺さぶった風の音で、我に返ったように笛を置いた。

黙りこくって長い階段を降りて、愛宕下の大通りへ出て、「それじゃまた」と佐七は言った。そう言ってはいけないような気もしたが、その時はなぜそんな気がしたのかわからなかった。

しみと皺《しわ》のある手紙に、頬をつたった雫《しずく》が落ちた。

「中村座を買いきったような気分にさせてくれた奴なのに」

まったのである。

今は居所が知れないのだ。愛宕山を降りた半次は、そのまま行方知れずとなってし

「笛吹きになれなかったからって、そこまで自棄《やけ》にならないでもいいだろうによ」

人に会うと、ひとりでに愛想がよくなってしまうのだと言っていた半次の笑顔が目の前を通り過ぎた。囃子《はやし》方《かた》の重鎮に弟子入りを断られた瞬間に、拾われた子は愛想をよくしていなければならないという、自分できめたきまりの中にいることができなくなってしまったのかもしれなかった。

「笛吹きばかりが、仕事じゃねえだろうに」

田原町へ帰った佐七も、竿竹《さおだけ》を売ったり、葭簀《よしず》を売り歩いたり、父と同じような仕事をし、行商をやめてからは蕎麦《そば》屋の出前持に雇われたこともある。少しでも人と喋《しゃべ》らずにすむ仕事を願っていると、飯炊《めした》きという仕事が舞い込んできた。山口屋の寮の飯炊きとなってからでも十年以上になる。

「このまま飯炊きで終るんだろうけどさ」

今は何の不満もない。どんな仕事をしているのか知らないが、半次も、権現社の裏で見せたような淋しい笑顔ではなく、気持のよい笑顔を見せていてもらいたい。

「だってさ、半ちゃん、世の中ってのも捨てたものじゃないよ」

寮の飯炊きをしていても、慶次郎のような粋狂きわまる男と知り合いになれることもあるのだ。

その慶次郎は今、花ごろものお登世と痴話《ちわ》喧嘩《げんか》でもしているかもしれない。俺は一人で半次を思い出していようと、佐七は手紙を懐へ入れ、角樽《つのだる》の栓を抜いた。

皐月

三日前、夫の晃之助《こうのすけ》が山口屋の寮に寄った時には佐七《さしち》が頭に絹を巻き、風邪で頭痛がすると言って床に伏せっていたとのことだった。が、見舞いに行くと、その佐七が留守で、陣端折《じんばしょ》りの慶次郎《けいじろう》が、手にはたきを持ってあらわれた。佐七は霊岸島《れいがんじま》の山口屋へ出かけたのだという。

「何か急なご用事でも?」

と、早口に皐月《さつき》は言った。もう一足早ければ会えたと聞き、少々うしろめたくなったのだった。出がけに八千代がむずかって、皐月はしばらくあやしていた。女中のお安が八千代を抱きとって、早く出かけてしまうようにと言ってくれたのだが、あまり泣くのでつい足をとめてしまったのだ。お安の言うことを聞いていれば、頭痛に悩まされていた佐七のかわりに霊岸島へ行ってやることもできたのである。

「なあに、山口屋はつけたりで、米沢町《よねざわちょう》の井筒屋がお目当てさ」

慶次郎は、上がれというように手招きをしながら笑った。

「晃之助がきた前の日、俺あ、井筒屋まで出かけて、羽衣煎餅《はごろもせんべい》を山ほど買ってきたのだぜ。それを、頭が割れるように痛《いて》えとか何とか言いながら、二日で食やあがった。で、昨日は、神田の塩煎餅が食いてえの数寄屋橋《すきやばし》御門外《ごもんがい》の巻狩《まきがり》煎餅がいいの、せめて団子《だんご》坂《ざか》の菊見煎餅を一口かじりてえのときたものさ。団子坂まで行ってやったが、足りなかったとみえて、山口屋へ行ってくると言い出した。おそらく主人からもらう小遣いで、羽衣煎餅を買い占めてくるよ」

皐月を居間へ通し、慶次郎は陣端折りのまま台所へ出て行った。茶をいれてくれるつもりらしかった。

根岸の寮番という暮らしに馴染《なじ》み、掃除も茶をいれることも、苦になるどころかむしろ楽しんでいるのだろうが、皐月が坐《すわ》っているわけにはゆかなかった。

慶次郎の実の娘である三千代が、思いがけぬ事件で命を絶ち、皐月が嫁とならなければ、慶次郎が根岸へくることはなかった筈《はず》だった。隠居をして、三千代と聟《むこ》の晃之助と、三千代が生んだ孫にかこまれ、隣家の島中賢吾《しまなかけんご》や医者の庄野玄庵《しょうのげんあん》らと憎まれ口を叩《たた》きあいながら、八丁堀《はっちょうぼり》の屋敷で暮らしていたにちがいないのである。もっとも、今では、自分達も年齢《とし》をとったら根岸の寮番夫婦になろうと晃之助が言い、皐月も賛成して、慶次郎が山口屋の主人にその希望を伝えてくれたらしい。「山口屋が目を丸くしてたとさ」と晃之助は笑っていたが、先日、奉行所へ向う前に庭掃きをしようとして、お安の目も丸くさせていた。

皐月は、用意してきたたすきをかけて台所へ出て行った。昨日になって、「そうそう、佐七つぁんが寝込んでいた」と晃之助が言い、あわてて出かけてきたのだが、それほどの年齢でもないのに、近頃の晃之助は、「そうそう思い出した」と言うことが多い。三日前に教えてくれれば、一昨日のうちに八千代をお安にあずけ、たすきと前掛《まえかけ》を持って駆けつけることもできたのだ。

「大変でございましたでしょう。あとは私がいたしますから、義父上《ちちうえ》様はどうぞお坐り下さいまして」

「そうかえ」

慶次郎はさからわない。頭をかきながら、陣端折りの裾《すそ》をおろした。皐月は、佐七のものらしい下駄《げた》を借りて土間へ降りた。とりあえず七輪《しちりん》に火をおこし、薬罐《やかん》をかける。佐七が寝込んでいるのでは、ろくに掃除もしていないだろうと心配してきたのだが、案《あん》の定《じょう》、板《いた》の間《ま》にはうっすらと埃《ほこり》がたまっている。慶次郎が、はたきを持って出入口へ出てくるわけだった。

座敷箒《ざしきぼうき》を探し出し、はたきを取りに居間へ戻ると、慶次郎は、立てたはたきの上へ両の手をのせて庭を眺めていた。将棋盤《しょうぎばん》へ詰将棋の本でものせて、縁側へ出てくれれば皐月も気が楽なのだが、慶次郎の方も茶を飲んだあとで掃除をはじめるつもりだったのだろう。はたきをくれと言う皐月へ、ちょっとためらってから渡してくれた。

「あの、おみやげに羊羹《ようかん》を持ってまいりました」

そう言いながら、ふと、三千代であったならば真っ先に土産物の風呂敷《ふろしき》をひろげてみせたのではないかと思った。第一、三千代であれば、八千代も連れてきたにちがいない。皐月もそれを考えぬではなかったが、掃除や炊事を手伝いにきたと言いながら子供連れかと思われるのではないかとか、佐七の風邪が伝染《うつ》ったらどうすると言われるのではないかとか、よけいな気を遣ってしまったのだった。

「羊羹とは有難《ありがて》えな」

慶次郎も、嬉《うれ》しそうな顔をしてみせる。お安に八千代を抱かせてくればよかったと後悔していたせいかもしれない、皐月は、三千代が相手であれば慶次郎も「早く切ってこい」などと遠慮のないことが言えたのではないかと、またよけいなことを考えそうになった。

台所の隅に置かれたままになっていた朝餉《あさげ》の膳《ぜん》を片付けているうちに湯が沸いて、濃いめの茶をいれた。羊羹は、自分が食べる時の倍以上もある厚さに切った。慶次郎は相好《そうごう》をくずして羊羹を頬ばり、熱くて苦い茶をすする。皐月も少し多過ぎる羊羹を食べ、熱過ぎる茶を飲んだ。

晃之助が時折むりなことを言う、八千代がお転婆《てんば》で手に負えなくなったなどと訴えているうちには、一緒に暮らしている舅《しゅうと》と嫁の親しさになってきて、三千代の面影は消えてきた。が、その話がとぎれると、慶次郎は、「掃除の邪魔にならねえよう、ちょいと消えようかな」と言う。時雨岡《しぐれのおか》のよろず屋へ、煙草《たばこ》を買いに行くのだそうだ。

皐月は、自分のせりふを横取りされたような気がした。慶次郎は皐月の邪魔をしないようにと気をきかせてくれたのかもしれないが、皐月は、慶次郎が箒の掃き出すごみや埃を避けながら、晃之助や八千代のようすをもっと聞きたがるだろうと思っていた。それがもし、皐月への気遣いと見えるようであれば、皐月の方から「お掃除の邪魔ですから、そのあたりをお歩きになっていらしては」と、冗談のように言うつもりだったのである。

「ま、助かりました」

「そうだろう」

慶次郎は、笑って庭へ降りた。

「よろず屋のことだ。ろくなものはねえだろうが、入り用なものがあるなら買ってくる。手拭《てぬぐ》いは持ってきたかえ」

「有難うございます。手拭いは持ってまいりましたが、おそろしくまずいお団子を売っているとか」

「食ってみようってのか。物好きだね、お前《めえ》も」

慶次郎は、よく晴れた空に笑い声を響かせながら門の外へ出て行った。

嫁いできた時から、森口家の仏壇に位牌《いはい》が一つ足りないことに気づいていた。三千代の位牌である。それが慶次郎の居間となっている部屋の仏壇の中にあって、今、やさしい戒名《かいみょう》の書かれたそれが皐月を見つめていた。

美しい人だった。慶次郎が怪我《けが》でもした時だったのだろうか、早く薬をと、届けてもらうのを待っていられなかったようすで庄野玄庵の家へ駆け込んできたのを見かけたことがある。女の皐月でも息をのんで見惚《みと》れるほどだった。岡田晃之助が三千代に恋し、養子にゆくことを望んだというのもむりはないと思ったものだ。

晃之助は、岡田家の三男だった。いずれ養子にゆく身である。皐月には兄がいた。神山《こうやま》家は兄が継ぐ。皐月は許婚者《いいなずけ》を亡《な》くしていたが、いずれ町方の者の息子に嫁いでゆくことになるだろうと思っていた。恋《こ》い焦《こ》がれても晃之助は二重にも三重にも遠い人であり、彼への思いを表へ出したことはない。

　だが、三千代は他界した。許婚者を亡くしていた皐月の胸が騒がなかったと言えば嘘《うそ》になる。

　晃之助は、すべてなかったことにしようという慶次郎を説得して養子となった。当時は妻を迎える気はないと言っていたそうだ。それでは困る、妻帯してくれと、慶次郎が晃之助に頼んだとは父の左門から聞いた。

　同心《どうしん》は一代抱席《いちだいかかえせき》、晃之助のあとの森口家を継ぐ者がいなくても、別の者が取り立てられて、お役目に支障をきたすことはない。きたすことはないが、疲れて帰ってきた時の男所帯は、何とも味気《あじけ》ないものではないか。養父と養子が向いあって、女中の酌《しやく》で酒を飲むのも気のきかぬ話だし、孫も抱いてみたい。

　独り身を通すと強情を張っていたらしい晃之助も、最後の一言で折れたようだ。森口家を絶やしては先祖に申訳ないと、妻をめとる気になったという。

　ただ、晃之助が森口家の養子となった事情が事情である。慶次郎を尊敬していても、晃之助に胸をときめかせていても、その家へ嫁ぐとなれば、たいていの娘は首を横に振る。縁談は、まわりまわって皐月のもとへきた。

　父も兄も、即座に断ったらしい。父母や兄にしてみれば、いくら許婚者を亡くしたまま独り身でいる娘でも、三千代という女の面影をひきずっている男達の許《もと》へやる気になれなかっただろう。皐月の気持を知らなかった母が、「ひどい話ですよねえ」とその縁談があったことを話さなければ、晃之助には別の女性が嫁いでいたかもしれない。

「私でよいと、先様《さきさま》が仰言《おつしや》っておいでなら」

と皐月は言った。晃之助様の前にいつも三千代様がいらっしゃるというのなら、私はその陰にいる。陰にいて、何もおできにならない三千代様のかわりに晃之助様のお世話をし、私が子供を生む。

「ばかなことを」

母は、顔色を変えて言った。

「三千代様のかわりに晃之助様のお世話をするなど、殊勝なお覚悟のようだけれど、決してできるものではありませんよ」

晃之助の妻になるとはどういうことか、皐月は母以上にわかっていたと思う。晃之助は、妻を迎えたいと思ったのではない。森口家を絶やしてはならないと思ったのである。まして三千代は、晃之助と相思相愛の仲でいるうちに逝《い》った。晃之助の脳裡《のうり》には、現実の三千代よりはるかに美化された三千代が焼きついていることだろう。縁談がまとまれば、皐月は、生きて晃之助の妻となる。生身の人間には必ずある、いやな部分を生涯隠しつづけることなどできるわけがない。なぜこんな女と一緒になったのだろうと、晃之助が後悔する時は幾度もある筈だった。

それだけではないと、母は言った。晃之助にも、いやなところは必ずある。それに気づいてしまった時、なぜこんな男の妻となってしまったのだろう、なぜこんな男のために三千代のかわりをつとめようとしたのだろうなどと、皐月もまた後悔をするというのである。妻となった女の誰もがする後悔であるが、三千代の陰にいて、その後悔に耐えられるかどうか。

自信はなかった。なかったが、皐月は辛抱すると言った。両親も兄もしぶしぶ承知して、縁談は思いのほかに早くまとまった。

慶次郎は、皐月が嫁ぐ前に根岸の寮番となった。八丁堀暮らしがいやになったのだそうだと、夫となった晃之助は言った。が、三千代に晃之助と皐月の暮らしを見せまいとして、慶次郎は屋敷を出たにちがいなかった。

そんなことをするくらいなら嫁を迎えなければよかったのだと、慶次郎を責める気持は皐月にない。仲がよいとはいえ、慶次郎と晃之助も血のつながらぬ父子《おやこ》である。養父である慶次郎にすれば、独り身を通すという晃之助を放っておくわけにはゆかぬだろうし、晃之助の方も、慶次郎の気持を察しながらいつまでも強情を張っているわけにもゆかなかっただろう。そこへ、皐月がみずから望んで入って行ったのだ。想像以上に気を遣ってくれる男達だった。はじめのうちは、それがかえって悲しかったが、気を遣ってもらえるのは、二人が皐月を三千代のかわりではなく、いたわってやらねばならぬ妻、けなげな嫁としてみてくれている証拠だと自分に言い聞かせてきた。八千代が生れた今では、晃之助の我儘《わがまま》に頰をふくらませることもあるし、慶次郎の冗談に顔を赤らめることもあった。

皐月は、三千代の位牌を見つめた。勝ち誇って見ているのではなかった。ごく普通の夫婦、どこにでもいる舅と嫁になってきたと思うのだが、それでもまだ、三千代の陰にいるとしか思えないのである。

埃を払うつもりで位牌へ手をのばした時、物音がした。表口の方からだった。慶次郎であれば庭へまわってくる筈だし、霊岸島へ行ったという佐七が、この時刻に戻ってこられるわけがない。

「誰？」

返事はない。が、取付《とりつき》の部屋へ上がって足をとめたらしい気配はあった。皐月は息を殺して立ち上がり、唐紙《からかみ》を勢いよく開けた。すぐ目の前に、もう若くはない女が立っていた。

悲鳴をあげたのは女の方だった。動顚《どうてん》したのだろう、皐月を突き飛ばして台所へ逃げて行く。よろめいたが、皐月は女を追った。のばした手に女の袂《たもと》が触れた。女は皐月の手をふりはらって板の間の隅へ逃げ、皐月は土間に飛び降りて戸を閉めた。

「こないで」

女が叫んだ。竈《かまど》の上に窓が開けられているだけの薄暗い台所の光に、女の手許《てもと》が光っている。出刃庖丁《でばぼうちょう》を握ったのだった。

皐月は、ゆっくりと板の間に上がった。刃物など、振りまわしたことのない女であることは、言葉遣いからも物腰からも、庖丁を持っている手が抑えようもないほど震えていることからもよくわかった。

「こないで。こっちへきたら、何をするかわからないからね」

その言葉を無視して、皐月は女との距離をちぢめた。皐月の手には、庖丁より長いはたきがあった。

「こないでと言ってるだろ……」

悲鳴のような女の声は、途中で消えた。皐月のはたきが、女の庖丁を叩き落としたのだった。

みるまに腫《は》れ上がってきた手を押え、女はそれでも庖丁を拾おうとした。皐月ははたきで庖丁を土間へはじき飛ばし、女の手首をつかんだ。急所だった。女は、また悲鳴を上げた。

「痛《いた》――」

「痛いってのに。何をするんだよ、この人は」

「黙って他人の家へ入り込めば、怪しまれるのは当り前です」

「他人の家へ入り込めばって、お前さんは何なんだよ。ここにゃ寮番と飯炊《めした》きしかいない筈だ」

女は、咎《とが》めるような目つきで皐月を見た。

「寮番の嫁ですよ」

「寮番？　もとはお武家だったっていうお人の？」

慶次郎を知らぬのは、定町廻《じょうまちまわ》り同心などとは無縁のところで暮らしてきたからだろう。女はやはり、今日まで平穏無事に生きてきたのだ。

「勘弁しておくんなさいまし。出来心《できごころ》だったんでございます」

女は両手をつき、額が板の間に触れるほど低く頭を下げた。身なりも、粗末ではあるが、こざっぱりとしている。自分で結っているらしい髪も、櫛《くし》でよくとかされていた。黙って女を見つめていると、女は壁に尻《しり》を打ちつけるほどあとじさり、あらためて頭を下げた。

「つい、ふらふらとここまで歩いてきちまったんです。時雨岡の不動堂でぼんやりしていると、少し前に飯炊きのお爺《じい》さんがどこかへ出かけたし、今はまた、寮番だっていうお人がよろず屋へ入って行って、店番のお婆《ばあ》さんと世間話をはじめたし」

「世間話？」

慶次郎は、煙草を買いに行ったのではなかったのか。

「だから、今ならこの寮は誰もいないと思って。わたしは根岸に住んじゃいませんけど、このところ不動堂でぼんやりしていることが多いものだから、よろず屋のお婆さんと顔馴染《なじ》みになっちまって、この寮のことや、お隣りの美濃屋《みのや》の寮のことなんぞを教えてもらったんでございます」

「そう――」

「飯炊きのお爺さんと寮番のお人がいっぺんに出かけてしまうのは、めったにないっていうし、いつもはよろず屋のお婆さんと立話をしている寮番のお人が、今日は上り口に腰をおろしなすったから」

よろず屋の年寄りが、お茶を飲んでゆけと慶次郎をひきとめたのかもしれない。慶次郎は、断りきれずに上がり口へ腰をおろしたのかもしれないが、なぜ、嫁がきているると言ってくれないのか。掃除の邪魔をすまいと気を遣ってくれたのだとしても、そんな気遣いは無用にしてもらいたい。

「この寮には誰もいないけど、よろず屋あたりへ出かけるのに錠をおろすわけはない。それに、山口屋の寮番はお金に不自由していないと聞いておりました。開けっ放しの家にならば、わたしだって入ることができる、それならばとああ、わたしゃ何でそんなことを考えたんだろう」

「よろず屋のお婆さんと顔見知りになっていたのなら、お調べの時にお婆さんの口から、不動堂でぼんやりしていたというお前の話が出ます。誰のしわざか、すぐに見当をつけられてしまいますよ」

「わかっております。いえ、ここへふらふら歩いてくる時は、お金のことで頭がいっぱいで、空巣がわるいことだとさえ思えなかったんだけど」

勘弁してくれと、女は板の間にひれ伏した。

「そうなんでございます。わたしは、どうしてもお金が欲しいんです。お金がないと、助八《すけはち》の力になってやれないんですもの。助八が、やっとわたしを女房だと思ってくれはじめたというのに」

「助八さんは……」

借金があるのかと尋ねようとした皐月を遮《さえぎ》って、女は、かぶりを振りながら答えた。

「亭主です、わたしの」

「いえ、そうではなくて……」

「亭主でございますったら。誰が何と言おうと助八はこのわたしの、ゆきの亭主です。おかよの亭主じゃありません」

皐月は、女から目をそらした。晃之助は、三千代の夫ではなく、皐月の夫であった。

「奥様、この通りでございます。どうぞ勘弁してやっておくんなさいまし。もし見逃していただけるなら、ずいぶん迷ったけれどわたしは岡場所《おかばしょ》に身を沈めます。だめだ、番屋へ突き出すと仰言《おっしゃ》るのなら、お願いでございます。突き出す前に、わたしにお金を盗ませておくんなさい。お金をうちの人に渡して、わたしはここへ戻ってきます」

皐月は、少しためらってから口を開いた。

「おゆきさん。おいやでなかったら、お話を伺わせてもらえませんか。女は女どうし、お力になれることがあるかもしれません」

「助けて下さるんですか」

おゆきが目を見張った。なぜそれほど親切にしてもらえるのか、わからないような顔つきだった。

慶次郎は、まだ帰ってこない。まずいという団子を食べながら、よろず屋の年寄り夫婦と世間話をしているのかもしれなかった。

おゆきは、出された羊羹《ようかん》に恐縮し、幾度も頭を下げてからその皿を持った。「おいしゅうございます」と言ったが、あれほど泣いたあとでは味もわからないだろう。

十六の春に、おゆきは助八ではない男のもとへ嫁いだという。名前は利吉《りきち》といい、腕自慢でもなければ、下手《へた》だと陰口をきかれることもない、ごく普通の建具職人《たてぐしよくにん》だったそうだ。

かぞえの十六の春である。霜月《しもつき》十一月生れは、一月、二月生れの十五歳とさして変わらない。嫁にくれという話がきたのは、十五の夏のことだった。おゆきも、「今思えば、まったくの子供でございました。去年のお正月の着物を普段着にしてもらえたのが、嬉《うれ》しくってしょうがなかったんでございますから」と言って笑った。嫁ぐ気になったのも、お前には地味《じみ》だと着せてもらえなかった路考茶《ろこうちや》の着物を、人の女房になればすぐに着られると考えたせいかもしれないという。

母親は、おゆきを手放すのをいやがった。祖父もまだ早いと言ったが、瓦師《かわらし》だった父親は、女にとって望まれるところへ嫁ぐのが一番の幸せだと言った。利吉も、利吉の両親も、無邪気で可愛《かわい》らしい容姿の持主だったおゆきを、よほど気に入っていたのだろう。ぜひに――と幾度も言ってきた。母親がまず折れて、十五のおゆきを膝《ひざ》の上にのせるほど可愛がっていた祖父も、おゆきに嫁ぐ気があるのならと、しぶしぶ承知した。

「お嫁にゆくのをいやだとは思いませんでした。父親が幸せだというなら、それが幸せだと思っておりましたから。それよりも、嫁入仕度の中に路考茶の着物の入っていたのが嬉しくて、わたしがこれを着たら、先方のお父《とっ》つぁんやおっ母《か》さん、それに亭主の利吉は何と言ってくれるだろうと、のんきなことを考えていたのを覚えています」

ところが、所帯をもってわずか半年後に、利吉が他界してしまう。何が利吉の命を奪ったのか、医者にもわからなかった。

舅《しゅうと》夫婦は、おゆきに実家へ帰れと言った。利吉の女房にならなければ、おゆきは十六の娘盛りだった。なのに、早く嫁にくれとせかせたばかりに後家《ごけ》にしてしまった。この上、おゆきに面倒をみてもらうなど滅相《めっそう》もない、その若さでその縹緻《きりょう》なら、女房になってくれと言う者も少なくない筈《はず》だ。実家へ帰って、もっとよい相手を見つけてくれというのである。

嫁にやったのだから家の娘ではないと強情を張っていた父親も承知したので、おゆきは実家へ戻った。舅夫婦が言った通り、縁談は幾つもきた。が、さすがに、これはと思う話は少なかった。十六でも後家であるため、後添《のちぞ》いの話が持ち込まれるのである。当然のことながら、相手の男は三十を過ぎている。両親も祖父も、利吉のようなことがあってはと慎重になった。この年齢差では、またすぐに後家になってしまうのではとか、男がこの年齢で赤ん坊が生れるだろうかなどという心配をしてしまうのだ。

「それで、三年前まで親の家にいたのでございます。うかうかと暮らしておりましたが、気がつくと、二十四になっておりました」

言い方を変えれば、三年前にふたたび嫁いだということである。

三年前。

皐月が晃之助のもとへ嫁いできた年だった。そういえば、嫁いでまもなく亭主を亡《な》くしたという境遇も、許婚者《いいなずけ》が幼い頃に他界してしまった自分と、よく似ているような気がした。うかうかと暮らしていたとおゆきは言ったが、実は、どこか利吉との暮らしに馴染めず、二度と嫁ぐ気になれずにいたのではあるまいか。

「助八は、子供の頃から知っておりました」

そう、晃之助のことも、若い頃から知っていた。

「子供の頃は手におえぬ腕白でございましたが、四年前、両国橋でばったり出会った時は、いい腕の大工になっておりました。いえ、ずっと独り身だったわけじゃございません。相生町《あいおいちょう》の棟梁《とうりょう》の娘を女房にしていたんでございます」

ところが、その女房、おかよが風邪をひいたと思っているうちに、あっけなく逝《い》ってしまった。その日の朝も、頭が痛いと言いながらも飯を炊き、味噌汁《みそしる》をつくっていたので、誰も彼女が重い病いにかかっているとは思わなかったという。助八は仕事に出かけ、見舞いにきたおかよの母親も、「もう大丈夫だね」と言って帰って行った。彼女が茶の間で倒れているのを見つけたのは、隣家の女房だった。知らせを聞いて駆け戻った助八は、「俺が鈍《どん》で、何にも気がつかなかったばっかりに」と、おかよを抱きしめて泣いたという。そればかりではない。助八は、おかよが死んだのは俺のせいだと言い、職人として働きつづけるけれど、心のうちではずっと女房の菩提《ぼだい》をとむらいながら暮らすと言いつづけていたらしい。実際何年かやもめ暮らしをつづけていたようで、後添いをもらう気になったのは、母親の足腰が衰えたせいだった。

冬の日のことであった。母親のおさだは、井戸へ水を汲《く》みに行った帰り、水溜《みずたま》りの氷に足を滑らせた。重い手桶《ておけ》を下げていた時である。おさだは、足の骨を折って寝込んだ。

「氷をよけた筈なのに」

と、おさだは、しきりに言った。

「何で転んじまったんだろうねえ。お米屋さんとこの井戸へなんざ始終往《い》き来《き》していて、雪の日に両手に桶を下げてきたって転んだことはありゃしないのに」

それが、はずみってものさと、助八は答えたそうだ。が、おさだの軀《からだ》は、おさだが思っているほど動いていなかった。転びこそしないが、ひょいと上がろうとした石段によくつまずいていたし、よけたつもりらしい人にも、よくぶつかっていた。これからも、つまずいたり転んだりして怪我《けが》をすることは、多くなっても減ることはなさそうだった。

会ってくれないかという助八からのことづけがきたのは、三年前の春だった。おそらく助八は、考えに考えた末、幼馴染みで、後家で、偶然両国橋で出会ってこれも何かの縁と言い合ったおゆきに相談をしてみる気になったにちがいなかった。

「ええ、洗いざらい喋《しゃべ》ってくれましたよ、薬研堀《やげんぼり》の川口で」

川口の名は、皐月も聞いたことがある。会席料理をはじめたといわれている店で、気軽に行けるところではない。助八は、酒の勢いを借りるのと、頼みにくいことを頼むのとで、高名な料理屋へおゆきを連れて行ったのだろう。

「俺あ、手前《てめえ》がどうすればいいか、わからなくなっているんだ」

と、助八は言った。

だから、お前《めえ》にはかかわりのない、いい加減にしてくれと言いたくなるようなことばかり話すかもしれない。あんまり腹が立ったら、話の途中でも遠慮なくそう言ってくれ。いや、ばかにするなと言って、帰っちまってもいい。

「でも、そう言われて腹を立てる人はいませんでしょう？　虫のいいことを言っていると思わないでもなかったんですけれど、お終《しま》いまで聞いてやりました」

三年前、もし、頼みがあると晃之助に言われたなら、皐月はどれほど虫のよい頼みでも喜んでひきうけていただろう。

おふくろは足をひきずるようになったと、助八は話しはじめた。おさだが寝ている間は両隣りの女房がかわるがわる世話をやきにきてくれて、助八は、三度のめしにも洗いたての下着にも不自由することはなかった。が、両隣りにも、それぞれの暮らしがある。おさだが床上《とこあ》げをしたあとは、時折ようすを見にきてくれるだけになった。

「いつまでも人を頼りにしちゃいられないよ」

と、はじめのうちはおさだも笑っていた。少なくとも足の骨を折る前と同じくらいには、家事をこなしているつもりだったらしい。実際、明六《あけむ》つの鐘で起きればあたたかいめしができていたし、湯屋へ行くと言えば、手拭《てぬぐ》いと一緒に洗いたての下着を渡してくれた。

助八もほっとしていたのだが、このところ、さらに軀が動かなくなった。魚売りがきた、油売りがきたといっては三和土《たたき》へ飛び降りて、外へ飛び出して行くような真似《まね》ができないのである。三和土へ飛び降りては転び、下駄《げた》をはこうとしてもなかなか鼻緒《はなお》に指が通らぬ自分に苛立《いらだ》って、おさだは、夕飯を食べるたびに愚痴をこぼすようになった。

「わたしも年齢《とし》かねえ。お前にだけは面倒をかけたくないと思ってたのに」

そんな年齢《とし》ではないと言えば、でも針の穴が見えなくなった、板の間と土間とののぼり降りがつらくなったという愚痴が延々とつづく。年齢《とし》は誰でもとると突き放せば、薄情だと涙ぐむ。おふくろも疲れているのかもしれないが、俺も疲れたと、助八は言った。

「俺が女房をもらって、さあ楽をしようという時に、あいつが死んじまったんだ。働きづめのおふくろに、少しは楽をさせてやりてえのさ」

させてやれば？――と言ってやりましたよと、おゆきは笑った。

「だって、魂胆が見え透いていますものね。そうしたら、案の定、女房になってくれねえかと言い出しました。炊事洗濯をしてもらいたくって女房にする気か、冗談じゃないと断ってやりましたよ」

その通りだ。もっと、もっと言ってやるがいい。冗談じゃない、お前の女房にはなっても、誰が女中がわりになるものかと。誰が、お前の家の跡継を生むためだけに嫁ぐものかと。

だが、おゆきは苦笑して言葉をつづけた。

「でも、一度は断ったんですけれど、そうだろうなと言って俯《うつむ》いた助八を見ると、可《か》哀《わい》そうになっちまって」

話だけはお終いまで聞いてあげると、おゆきは言った。聞いてもらうだけじゃしょうがねえと、助八はたてつづけに猪口《ちょこ》を空《から》にした。昔のままの腕白だと、おゆきは思った。子供の頃の助八は、遊びが助八の思わぬ方向へ行きそうになると、「そんなのじゃつまらねえよ」とわめいたものだった。「助ちゃんの言うことばっかり聞いてたじゃないか」と怒り出す子供もいて、そんな時に間へ入るのはいつもおゆきだった。

「それじゃ、もう話はお終い？　帰っていい？」

「待ってくんなよ」

そう言って話しはじめたのが、女房のおかよについてのことだった。

「いつだったか、両国橋でばったり出会った時、俺は棟梁の娘と一緒になったと言ったのを覚えているかえ」

覚えていた。所帯をもっていると聞いて、一瞬、錐《きり》で突かれたような痛みを感じたことも覚えていた。

「ま、はっきり言やあ、俺はおかよと一緒になったお陰で棟梁に目をかけてもらえた。目をかけてもらえりゃ、仕事をどんどんまわしてもらえる。夢中で仕事をしているうちに、腕も上がってくるってえ寸法よ。腕が上がりゃ仕事がふえて、また腕が上がる。物事が、みんないい方にまわりはじめたんだ」

あとは言わなくてもわかるだろうと、助八は言った。

わからない——と、おゆきは答えてやったそうだ。

「そうしたら、女房に恩を感じているって言ったんでございます。さすがに、忘れられないんだとは言えなかったのでございましょうけれども」

こんなことを話せるのはお前《めえ》だけだと、助八は言った。お前《めえ》だけだと言って、「やっぱり女房にはなってもらえねえかえ」と、おゆきの顔を見た。

「ほんとに勝手なことばかり言う、そう思ったんでございますけれども」

勝手な男だと思ったが、おゆきは助八の女房となった。足腰の衰えたおさだを哀れと思ったからではあるまい。まして、おかよにかわって助八の面倒をみてやりたいと思ったのではない筈だ。

「女房に恩を感じているなんて男と、一緒になるものじゃございませんね、奥様。ま、わたしが助八の女房になりたかったから、お父つぁんやおっ母さんがだめだと言うのに、なっちまったんですけど」

皐月も、両親や兄の反対を押し切って嫁いできた。

「でもね、もう三年でございますよ、三年。確かに、助八が好きで嫁いできたのですが、向うだって女房になってもらいたくって、わたしを川口へ呼んだのでございましょうが」

そう、三年という月日は短くない。

「しかも、足腰の弱った姑《しゅうとめ》もいる。わたしに言わせりゃ、女房になってやったんでございます」

だが、そう言えるわけがない。

「なのに、聞いて下さいまし。助八も姑も、いまだにおかよがほんとの女房、わたしのことは、おかよが死んじまったから、やむをえず女房にした女と思っているんでございます。この間も、こんなことがありました。姑が仕事から帰ってきた助八を自分の部屋へ呼んで、明日はおかよさんの祥月命日《しょうつきめいにち》だろうっていうんです」

おさだは、足が痛くて墓参りに行けそうもないと言った。たまたまその部屋の前を通りかかったおゆきにも、おさだのその言葉が耳に入った。

「わたしがかわりに行きましょうかと、何気なく言ったんでございます。すると、助八がふりかえって、他人のようなつめたい目でわたしを見据えて、俺が行くって……」

おゆきの声は、そこで途切れた。しばらく唇を噛《か》んでいたが、大粒の涙が頬をつたって袂《たもと》で顔をおおった。

「おかよは俺の女房だからって、それじゃわたしはいったい何なんですか。棟梁のおかみさんなんざ、わたしのことを陰じゃ『二度めのお人』って言ってるんですよ。助八は、わたしがおかみさんにそう言われても、黙っているんです。『二度めのお人』にやってもらったら？――っておかみさんが言うと、助八はわたしを呼ぶんです。あれは『二度めのお人』じゃない、俺の女房ですとは言ってくれないんです」

おかよの墓参くらい、自分で行ってやりたいと亭主の助八は思ったのかもしれない。恩のある棟梁の女房には、助八も遠慮があったのかもしれない。が、そう考えて自分をごまかしつづけるつらさを、誰が、どれくらいわかっていてくれるのだろう。助八もおゆきとの暮らしに慣れ、ごく自然におゆきを女房と思っている筈なのだが。

だが、それでも、死んだ女房が二人の間に割り込んでくる。死んだ女房を忘れるような男ではない、そこがよいところだと、こちらはわかってやっているのに亭主はこちらの気持を汲んでくれようともしない。

おゆきは泣きつづけた。赤い血までが透明になって、目から流れ出ているのではないかと思うほど、長い間泣きつづけた。その声がようやく低くなり、おゆきが恥ずかしそうに顔を上げたところで、皐月は湯を沸かしなおし、羊羹《ようかん》を切ってきた。

「で、なぜお金が入り用になったのですか」

「お恥ずかしゅうございます」

また涙がにじんできたのかもしれない。おゆきは、腫《は》れ上がった目をこすった。

「助八に大きな仕事が入りまして。川崎の料理屋なのですが、お前が請け負ってみろと棟梁に言われたのでございます」

助八は喜んで承知した。が、そこへ借金の催促がきた。兄弟子が助八の名で借りていたものだった。そんなことになぜ名前を貸したのだと、おゆきは助八をなじった。返ってきた答えは、また、おかよだった。棟梁が選んだ兄弟子をおかよが嫌い、助八のもとへ嫁いできたという経緯《いきさつ》があったのである。

「おかよを横取りしたようで、肩身が狭かったのだと助八は申しました。でも、とんでもないくらい利息がふえていて、ありったけの金を掻《か》き集めたって返せやしません。大事な仕事の前にごたごたは起こしたくないし、借金を払えば川崎の仕事のために使う金はなくなるし、八方塞《ふさ》がりとはこのことだと思いました」

嫁いできてまもない頃、機嫌を損ねた晃之助が居間に入ってしまうと、皐月は、目の前にある唐紙が開けられなくなった。三千代ならこんなことはしない筈《はず》と、唐紙の向うでは思っているかもしれない、そう思うと、仲直りの出口がまるで見えないような気がしたものだった。

「でも、ここでわたしが金を用意すれば、おかよなんざ、借金のもとになっただけじゃないかと言ってやれます。死んだ女房に何ができる、頼りになるのはわたしだろうと言ってやれます。いえ、言わなくっても、自分がそう思えるだけでいいんです」

おゆきは実家に走った。が、借りられたのは、わずかな金だった。

「それで足りるわけがありません。おかよさんなら棟梁や親戚《しんせき》から、充分なだけ借りてこられたのじゃないかと思うと……」

羊羹の皿が、放り出すように畳へ置かれた。おゆきはまた、袂で顔をおおっていた。

皐月は、おゆきの肩に手を置いた。

「亡くなったお人のことを考えるのは、やめにしましょう。頼りになるのは、生きている人なのですもの」

屋敷へ帰れば、嫁いできた時に持ってきた多少の金がある。開けてみたことはないが、小さな手箱の中に十両くらいは入っている筈だ。

が、おゆきは、袂に埋めている顔を横に振った。足りぬようだった。

「それでは実家《さと》の母に借りて……」

「いえ、その十両をお貸し下さいまし。足りない分は身を売ってつくります」

「およしなさい」

ふらふらと、皐月は立ち上がった。

歩き出せば、障子の前へ行く。障子を開ければ狭い板の間があって、その向う側に慶次郎の居間がある。居間の違い棚には、慶次郎の手文庫がのっている筈だ。いつぞや慶次郎が風邪をひいたと聞いて駆けつけた時、慶次郎がその手文庫から金を出すのを見た。二両や三両の金は、いつでも入っているらしい。しかも、その金は、慶次郎にとって不要と言わぬまでも、差し迫った必要のない金であった。

だが、あの女にその金を渡してやれば、どれほど喜ぶことだろう。そのほかに私の金を十両、実家の母から借りる十両を期限なしで貸してやると言えば、どれほど安心するだろう。それだけであの女は、おかよという先妻の陰から出ることができるのだ。

皐月は、慶次郎の居間へ入った。手文庫は違い棚にのせてあった。

この中のお金さえあの女に渡してやれば――。

「何をしているのだ、皐月」

慶次郎の声だった。

眠っている八千代の顔をのぞき込んで、晃之助が居間へ戻ってきた。皐月は、用意しておいた着替えを晃之助の肩に着せ、脱ぎ捨てられた着物を手に取った。

「ま、こんなに泥が」

「仕方ないさ。盗人《ぬすっと》を追いかけて、田圃《たんぼ》の中に入っちまったんだから」

「このお着物のまま、八千代を見にいらしたのですか」

「怒るなよ」

晃之助は首をすくめて見せた。

昨日のことを晃之助は知らない。手文庫の中へ手を入れた皐月を見て、慶次郎は呆《あっ》気《け》にとられたようだった。が、小部屋から飛び出してきたおゆきから事情を聞くと、蓋《ふた》を開けたままの手文庫を、皐月の前に置いてくれた。

「要るだけ出しな。親子じゃねえか」

躯《からだ》が痙攣《けいれん》するように波打った。皐月は、堰《せき》を切ったようにあふれ出した涙を袂で押え、波打って倒れそうになる躯を、もう一方の手で支えた。

嗚咽《おえつ》はいつまでもとまらなかった。慶次郎がもてあまし、「わたしのせいで」と泣き出したおゆきが、「奥様につられて、まだ涙がこぼれてくる」と言ったほどだった。

「明後日《あさって》は、三千代の命日だったな」

と、ふいに晃之助が言った。胸の動悸《どうき》が激しくなった。

「俺が墓参りに行ってやれればよいのだが。かわりに行ってくれるか」

皐月は黙ってうなずいた。

「八千代も連れて行けばいい」

もう一度黙ってうなずいたが、泣き出しそうになった。じっと待っていたことが、今、起こったのだ。晃之助が、自分のかわりに三千代の墓参りに行ってくれと言ったのである。命日の墓参は欠かしたことがないが、「俺のかわりに」と晃之助から言われたのははじめてだった。

皐月は、泥に汚れた着物を持って、台所へ駆け込んだ。三千代には申訳ないが、生きている者の幸せを感じていた。

太兵衛

自身番屋は、戸を開けておくと凍りつくように寒くなる。小正月を過ぎた頃の寒さは格別で、太兵衛《たへえ》は、早く戸を閉めようと思いながら土間に立って茶を飲んでいた。番屋の前を、十二、三と見える男の子が、母親の手を引っ張るようにして通り過ぎて行く。藪入《やぶい》りで親許《おやもと》へ帰ってきた子にちがいなかった。

あの年頃なら二度めの藪入りだろうと、太兵衛は思った。去年の四月に奉公したとすれば、盆の七月十六日がはじめての藪入り、二度めが正月十六日の今日だ。年に二度しかない休日をあれこれ思い描いて、十日も前から眠れなかったことだろう。太兵衛の倅達《せがれ》も、いまだに藪入りの前日は、母親のおさとと山のような饅頭《まんじゅう》を食べているところとか、おさとと上野の山へ行って桜の木にのぼっているところなどを夢に見ると話していた。

饅頭を食うのはともかく、桜の木にのぼるのは俺と一緒だろうがと、口には出さなかったものの太兵衛は少々不満だった。通り過ぎて行った子の父親が何の商売をしているのか知らないが、もしかすると利の薄い行商をしていて、一日休めば藪入りの子に菓子も食べさせてやれぬと、働きに出たかもしれないのである。

料理屋で働いているおさとへは、女将《おかみ》が気をきかせて休みをくれるが、十手《じって》をあずかる仕事は、休みたい時に休むことができない。去年の藪入りは、休みの商家へ賊が入って帰りが遅くなり、倅達はおさとと夕飯を食べてそれぞれの奉公先へ戻ってしまった。が、だからといって、桜の木にのぼる夢まで母親と一緒ということはあるまい。芝神明宮《しばしんめいぐう》へ行ってみるかなどと、おさとと話しているかもしれぬ長男の吾一《ごいち》と次男の太一《たいち》の顔を思い浮かべていると、何となく女房が憎らしくなってくる。茶碗《ちゃわん》におさとの顔が重なってきて目を新両替町《しんりょうがえちょう》の通りへ戻すと、急ぎ足で歩いてくる島中賢吾《しまなかけんご》の姿が映った。

「待たせたな」

つめたい風が吹いているというのに賢吾は袂《たもと》から手拭《てぬぐ》いを出した。

「で、どうだったえ」

四日前、南伝馬町《みなみでんまちょう》三丁目の自身番屋へ、商売の邪魔をされて困っているとの訴えがあった。番屋に詰めていた書役《かきやく》の話では、縁を切ったとか切らぬとかいう男女の揉《も》め事《ごと》がからんでるらしい。そんなことなら自分でかたをつけろと書役も言ったそうだが、訴えてきた男は、弓町《ゆみちょう》の太兵衛親分から女をさとしてもらってくれと頼んだという。

大根河岸《だいこんがし》の吉次《きちじ》に首を突っ込まれるのを避けたいようだった。

「金のねえ女を捨てて、金のある女を女房にするという、ま、どこにでもある話でした」

おふみという名の女だった。男は亮吉《りょうきち》といい、今は「おでん燗酒《かんざけ》」の振り売りをしているが、まもなく畳町《たたみちょう》の裏通りへ縄暖簾《なわのれん》を出すことになっている。年齢は二十七、十二の時から料理屋で奉公していたというところをみると、縄暖簾を出したあとは自分で庖丁《ほうちょう》をにぎるつもりなのだろう。

「が、その縄暖簾のための金は、女房になる女の親が出したようで。おふみが、亮吉は金で女房を選んだと思い込むのもむりはないんですが」

南伝馬町から竹河岸《たけがし》を通って中ノ橋を渡ったところ、京橋川をはさんで弓町側の水谷町に住んでいるおふみの評判はあまりよくない。亮吉につくしていたことは間違いないようだが、「あれほどけちではね」と誰もが苦笑いをするのである。

「そのけちな女が、女房になりたい一心で貢《みつ》いだこともあったようですから、その金が惜しくなったんでしょう。気持はわからねえこともねえんですが、おふみを知っている誰もが、亮吉つぁんはいいおかみさんを見つけなすったと言うんじゃどうしようもねえ」

だが、毎晩のようにおふみは振り売りをする亮吉のあとを尾《つ》けて、客に呼びとめられた亮吉が荷をおろすと、その足許に泣き伏すらしい。

「客は驚いて逃げ出すし、ここ一月《ひとつき》か二月《ふたつき》、まともに商売ができなかったようで。先刻おふみの家へ行って、あんまり度の過ぎたことをすると、しょっ引《ぴ》くから覚悟をしておけと脅しておきやした」

「説教をしたのじゃなかったのか」

と、賢吾は笑った。

「それですみゃあ何も言うことはねえのさ。畳町の店にゃ、女房になる女の親が手を入れさせてると聞いたから、おふみがそっちへ目を向けるのじゃねえかと心配になってね」

「あっしも火付けを考えやしたが」

太兵衛は、二十一という年齢《とし》にしては老《ふ》けた印象をあたえるおふみの容貌《ようぼう》を思い出しながら言った。亮吉を知ってからもう足かけ四年、気がつくと二十《はたち》を過ぎていたと言って唇を噛《か》んだおふみは、白歯のままでいる自分への世間の目を、必要以上に感じているのかもしれなかった。

「火付けまでは考えていねえと思いたいんですがねえ。下《した》っ引《ぴき》に畳町を見張れとは言っておきやしたが」

「そうか」

と言って、賢吾は懐《ふところ》へ手を入れた。金らしいものをくるんだ懐紙があらわれた。

「少ねえが、取ってくんな」

「冗談じゃねえ」

太兵衛は、あとじさりをしてかぶりを振った。

「これは、あっしが南伝馬町の書役に頼まれたことだ。旦那《だんな》のお耳にも入れておいた方がよいと思ったから申し上げたまでで、そんなものをいただくようなことじゃありやせん」

「なに、お前《めえ》にやるんじゃねえ。藪入りで帰ってきているお前《めえ》の倅への小遣いだよ。よろしく言ってくんな」

「有難うございます」

太兵衛は、懐紙の包を両手で受け取って礼を言った。長男の吾一は、賢吾の名の一文字をもらったものだった。次男には手前《てめえ》の名をつけろと言われて太一と名づけたが、幼い頃の次男は、俺が旦那の名前をもらいたかったとよく唇をとがらせたものだ。二人の下に年齢の離れた三男がいて、この子にはおさとが十三吉《とみきち》と名づけた。おさとをお三十《さと》と書いてみて、それを逆さにしたのだという。まだ九つと幼いせいか、おっ母《か》さんの名前じゃいやだなどと言ったことはない。

「せっかくの藪入りにすまなかったな」

賢吾はそう言って番屋を出て行った。先月に起きた事件の整理をする仕事がまだ残っているのだろう、奉行所へ戻ったようだった。


いつもは干物と香《こう》の物くらいしかのっていない膳《ぜん》の上に、さよりの糸づくり、赤貝の酢のものなどがならんでいる。おさとが働いている料理屋から届けてもらったのだろう。

「よかった。お父《とっ》つぁんが帰ってきなすったよ」

と、格子戸《こうしど》を開けた音に顔を出したおさとが言う。吾一も太一も出入口へ出てきて、お帰りなさいましと行儀のよい挨拶《あいさつ》をした。が、例年のような子供の頃を思わせる笑顔ではない。むりに笑みを浮かべているようだった。

「さあ、ご飯にしようね。お前さん、お湯屋はあとでもいいだろう?」

おさと一人がはしゃいだ声で言って、声に合わせているつもりか、わざとらしいせわしげなようすで台所へ出て行った。十三吉は太兵衛を見て、母親のあとについて行く。それでわかった。お父つぁんには内緒にしておきという話が、たった今までされていたにちがいなかった。

太兵衛は、少々不機嫌な顔で十手を腰からはずし、神棚に置いた。おさとは、酒の燗《かん》をつけているらしい。森口慶次郎《もりぐちけいじろう》が今日、一升入りの酒樽《さかだる》を届けてくれたと言っている。吾一もそろそろ酒を飲む頃だろうと笑っていったそうだ。

賢吾には小遣いをもらったっけと、太兵衛は懐へ手を入れた。吾一や太一の年齢の頃は、自分が子持ちとなるどころか、所帯をもつことすら考えられなかったとふと思った。

太兵衛は、父親の顔を知らない。母親に対する記憶も、おぼろげにしか残っていない。はっきりと覚えているのは姉と、姉が「おじさん」と呼んでいた男の二人だけだ。「おじさん」は、姉の話によると、実父が他界したあと、母が後添《のちぞ》いとなった男の弟であるという。

友蔵という男だった。実父は太兵衛が生まれる前にあの世へ旅立ってしまったが、継父もまた、太兵衛が三歳の時に逝《い》ってしまったと聞いた。これも姉の話だが、母が後添いとなってまもなく、友蔵はふいにあらわれたらしい。一目で無頼《ぶらい》の者とわかる姿で断りもなく茶の間へ上がり、継父に「お前《めえ》にゃ貸しがある」とすごんでいったというのである。

継父には、何か弱みがあったのだろう。小遣いを渡して帰したそうだが、継父の死後、友蔵は「竈《へっつい》の灰まで俺のものだ」と言って乗り込んできた。その後、母の身の上に何があったのか、今になれば想像に難くない。

しかも、友蔵は働かなかった。母は仕立物の内職で暮らしを支えていたが、友蔵は難癖をつけては乱暴を働いた。母の軀《からだ》にはいつも痣《あざ》があったのを、太兵衛もうっすらと覚えている。我慢しきれなくなった母は、太兵衛と姉を残して行方知れずとなった。幾度か子供連れで逃げようとしてはたせず、必ず迎えにくるからと二人を隣家の老夫婦にあずけて姿を消したのだった。

母は迎えにきてくれなかった。それでも老夫婦は、しばらくの間、太兵衛姉弟《きょうだい》をあずかっていてくれた。そのまま何事もなければ、ずっと面倒をみていてくれたのかもしれない。が、一人前の瓦師《かわらし》となった倅が戻ってくることになって、事情が変わった。本所の親方の家で修業をしていた倅は、言い交わした娘を連れてきたのである。

太兵衛は六歳になっていた。老夫婦は太兵衛と六つ年上の姉の手をひいて、姉弟の家へ向った。

「いなさるかえ」

あれは、女を連れ込んで、その女を働かせて暮らしている友蔵を呼んでいたのだろうか。友蔵は父親ではない。母や太兵衛姉弟をいじめていた男に過ぎないのだ。が、老夫婦にとっては、姉弟をあずけた母親の亭主だったのだろう。老夫婦がかわるがわる声をかけたが、幸い返事はなかった。あれほどほっとしたことは、太兵衛の生涯でほかにない。

十二と六つの暮らしが、老夫婦に助けられながらはじまった。十二の姉は、近所の子守をひきうけて金を稼ぎ、燈油や炭を買ってきた。めしは時折老夫婦が持ってきてくれて、魚売りや蔬菜《そさい》売りも売れ残りがあるとそれを置いて行ってくれた。老夫婦からめしが届かず、売れ残りもなかった時は、姉が一文、二文とためている竹筒の銭をにぎりしめて夜鷹蕎麦《よたかそば》を食べに行った。一日の食事が、それだけだったこともある。冬の夜はつめたい夜具に入らなければならなかったが、姉は自分の足の間にひえきっている太兵衛の足をはさんでくれた。

「姉ちゃん――」

声を出しそうになって、太兵衛は我に返った。おさとが、燗のついたちろりを差し出していた。

上野池之端《うえのいけのはた》の袋物問屋に奉公している吾一は今年十八、一昨年の春に手代《てだい》となった。先輩の手代達に酒の味を教えられたとか、赤い顔をしてはお店へ帰れないなどと言いながら、おさとの前に猪口《ちょこ》を差し出している。次男の太一は、煙管《きせる》の細工師《さいくし》に弟子入りしたが、親方が酒を断っているからと、先に箸《はし》をとった。ちろり料理屋で客の相手をすることもあるおさとは、自分も飲むつもりなのだろう。ちろりを布巾《ふきん》ごと太兵衛に渡して猪口を持った。

「よかった」

と、おさとが言う。

「今年もこうやって無事に顔を合わせることができて」

「みんな変わらないと言いたいけれど、おっ母さん、白髪がふえたね。十三吉も背がのびた」

「そうかしら。ちっとも老けてないと思うけど」

「俺は、大きくなったよ」

「おっ母さんの白髪より、お父つぁんの皺《しわ》の方がふえた」

「苦労しているんですよ、二人とも」

「俺は一年で、二寸ものびたんだよ」

「そうだねえ。でも、太一もまだ背がのびるんだね。びっくりしたよ。お店ではわたしも背の高い方だが、わたしより高くなっているんだもの」

勝手なことを喋《しゃべ》りはじめた女房や倅《せがれ》達を眺めながら、太兵衛は猪口を空《から》にした。自分のいない間にどんな話がされていたのかというつい先刻のしこりなど、とうに消えているが、十六でみずから命を絶った姉の顔が、どうしても脳裡《のうり》から消えなかった。

友蔵が舞い戻ったのは、あの翌々年のことだった。女と一緒だったが、老夫婦は、だから安心だと言っていたものだ。今になれば姉を子守奉公に出してしまえばよかったと思う。が、八つの太兵衛にそんな才覚のある筈《はず》もなく、姉も、太兵衛を一人置いて行く気にはなれなかったのだろう。

わずかな姉の稼ぎが友蔵の酒代となり、ふたりがひもじい腹をかかえて寝ている間はまだよかった。翌日になれば姉は子守を頼まれている家へ出かけて行き、太兵衛も、隣家や向いの家へ遊びに行くことができた。友蔵が居座っている夜だけを、辛抱していればよかったのである。

が、女がいても、老夫婦の言っていたようにはならなかった。友蔵が舞い戻ってから、十日もたっていない夜だった。一緒に寝ていた姉が友蔵に起こされたのは、夢うつつの中で気がついていた。気がついていたが、また酒の支度をさせられるのだろうと思っていた。

八つの子供にはわからなかったなどと言いたくない。太兵衛は姉と一緒に起きて、姉と一緒に茶の間へ行き、友蔵の振舞いに台所へ駆けて行って、出刃庖丁を取ってこなければいけなかったのだ。

出刃庖丁を取りに行かず、眠ってしまったために姉は十六で命を絶った。太兵衛が十歳となるのを必死で待って、実父や継父のあとを追いかけて行ったのだ。

「よくお聞きよ。太《た》ぁちゃんは、今年十になった。もう子供じゃない。姉ちゃんがお隣りのおじいちゃんに、瓦師の親方んとこへ連れてってくれと頼んでおいたから、そこでしっかり仕事を覚えさせておもらい。親方んとこでは、姉ちゃんと一緒だった時のようなわけにはゆかないだろうけど、泣くんじゃないよ。泣いたって、誰も助けてくれないんだからね」

姉は、太兵衛に小指を出させて指きりをした。

「もう一つ、覚えておいておくれ。お前は、決して高望みをするんじゃないよ。おっ母さんだって、実のお父つぁんのいとこっていう人の話を聞いて、提燈《ちょうちん》の張り替えを商売にしていた人と所帯を持ちゃよかったんだ。なのに、それじゃ子供達にご飯を食べさせてやるのがやっとだとか何とか言って、建具職人と一緒になっちまった。それが、二度めのお父つぁんさ。楽な暮らしをしたいなんて、よけいなことを思うから、こんなことになっちまったんだ。だから、決して高望みをするんじゃない。分相応《ぶんそうおう》のところで満足して暮らすんだよ。

「兄さんとこじゃ、七三郎さんではなく、甚四郎さんが番頭になりなさるんだって？」

ふいに太一の声が耳に入ってきた。

太兵衛は、去年の藪入りに、吾一が「来年こそ七三郎さんが番頭になりなさるよ」と言っていたのを思い出した。確か、今年三十三になる筈で、吾一が働いている相川屋の手代の中では最も年嵩《としかさ》だった。十二で奉公したというので、今年は二十一年めになる。吾一が奉公した時から可愛《かわい》がってくれている男だった。

「誰に聞いた？」

と、吾一が弟に尋ねた。太一は、「親方から」と答えた。親方は、親交があるという相川屋出入りの袋物師からその話を聞き、吾一を可愛がっている手代の名前が出なかったので、太一に教えてくれたらしい。

「大番頭さんが故郷《くに》へ帰んなさるという話を聞いた時は、七三郎さんの出番だと思ったんだけどなあ」

「わたしもがっかりしたんだよ。さっきも話したけど……」

おさとが吾一に目配せをした。太兵衛は気づかなかったふりをして、おさとの前に猪口を差し出した。

「まだ飲みなさるのかえ」

「え？」

おさとが持っているちろりは空になっていた。

明日の仕事に差し支えるからと、十手をあずかってからの太兵衛は深酒をしたことがない。そのかわり、若い頃には見向きもしなかった饅頭《まんじゆう》や羊羹《ようかん》を食べるようになった。もう少し飲みたいと思うところで猪口を伏せていると、妙に甘いものが食べたくなるのである。気がしれねえと思っていた森口慶次郎の気持が、今ではよくわかる。が、今日は、姉を思い出しているうちに、幾度も猪口を空にしていたようだった。

「ま、今夜はお飲みなさいまし」

笑って台所へ立って行こうとしたおさとに、太兵衛はかぶりを振った。

「いや、俺もめしにする」

吾一は酒に強いたちなのか、なみなみとつがれた酒を二度も飲み干した筈なのだが、母親似の白い頰は、桜色ほどにも染まっていない。「さっきも話したけど」と言いかけたのをおさとが目でとめたのだろう、それからは、親方の娘と噂《うわさ》があるらしい太一をしきりにからかっているが、吾一の胸のうちは手にとるようにわかった。

わたしも袋物問屋ではなく、職人の袋物師の弟子になればよかった。「さっき」の吾一はそう言って、今の吾一は、そう言おうとして口をつぐんだにちがいなかった。

大坂や伊勢に本店のある江戸店《えどだな》とちがい、主人が初代から江戸生れの相川屋は、身許《みもと》のしっかりとした保証人がいれば、身内でなくてもその子を奉公させる。吾一の場合がそれだった。太兵衛を信頼していた煙管職人が袋物師に頼み、相川屋の看板を陰で支えているともいわれているその袋物師が口をきいて、岡っ引の倅である吾一も奉公することができたのだった。

が、何といっても、吾一は、見ず知らずであった男の倅である。この春、番頭に昇進するという甚四郎は、かつて相川屋の大番頭だった男の倅だった。昇進の遅れている七三郎でさえ、相川屋出入りの袋物師の遠縁に当る男なのだ。

吾一は何も言わないが、今年二十一になる手代が相川屋の甥《おい》だという話は、奉公人どうしの噂から太一へ、太一からおさとへ、おさとから太兵衛の耳へ届いている。

「吾一は、相川屋さんをやめるまで、手代のままかもしれないね」とは、つい先日、おさとが溜息《ためいき》をつきながら言ったことだった。

決して高望みをするんじゃないよ。

確かに姉の言った通りだった。十手をあずかっていても、太兵衛は岡っ引以外にはなれない。せめて定町廻り同心《じょうまちまわりどうしん》になりたいと言っても、なれるわけがないのである。理由は、太兵衛が定町廻り同心の息子として生れず、女房をみごもらせたままあの世へ行ってしまうほど軀の弱い際物《きわもの》売りの子に生れたからだ。

実の父親は季節のもの、凧《たこ》やさぼん玉や虫籠《むしかご》などを売り歩いていたという。怠け者ではなかったそうだが、始終風邪をひいたり発熱したりして、しばしば商売に出られなくなったらしい。収入のない日を母親がどうやりくりをしてしのいだのか、建具職人の女房になりたいと思った気持もわからないではない。だが、結果は最悪だった。

番頭になりたいと思っているにちがいない吾一へ、諦《あきら》めてしまえとは言いたくない。誰もが番頭になれるわけではないとわかっていても、「でも、なりたい」と思うのは当り前だろう。当り前のことだろうが、吾一は手代以上になれはしない。吾一のせいではなく、親のせいだ。親が相川屋の身内でも大番頭でもなく、岡っ引だからだ。

「さあて、帰るとするか」

次男の太一が、生意気な口をきいている。藪入《やぶい》りの一日は、藪入りを待ちかねていた日の数倍も早く暮れてしまうだろうに、さほど残念そうな顔をしていないのは、親方の娘との噂がまったくの嘘《うそ》ではないせいかもしれない。娘は、太一のいない藪入りの一日が、なぜこれほど長いのかとうらめしく思っているにちがいなかった。

「盆の藪入りは、女房を連れてくる気かえ」

と、吾一がからかっている。その吾一は、番頭になれなければ女房を迎えることもできないのだ。


おふみという女のようすがおかしいという知らせが入ったのは、それから一月《ひとつき》ほどたってからだった。

太兵衛の脅しがきき過ぎたのか、おふみは家に閉じこもったままで、朝の納豆売りの声にも夕暮れの油売りの呼びかけにも、戸を開ける気配すらなかったという。見張りをとこうかとも思ったのだが、下っ引の一人が、もともと居酒屋であったその店の手直しは、亮吉の女房となる娘の希望でかなり大がかりなものになると聞いてきた。入れ込みの座敷もつくり、調理場の造りも変えて、新規の店のようにするというのである。

手直しは一月の末に終ったが、その後も瀬戸物屋がたずねてきたり、看板が掛けかえられたりして、かなり手間をかけていた。そのせいで、四十五、六になる男とその

娘がやっていた時とは見違えるような店になった。若松と書かれた掛行燈《かけあんどん》もかかった
その店を、家から一歩も出なかったおふみが見に行ったというのである。
「掛行燈をしばらく眺めていやしたが、ふいに駆け出しやしてね。どうも、たまらな
くなって泣き出したらしい。ちいっとばかり、可哀《かわい》そうになっちまったんですが」
金に目がくらんで女を取り替えた男の方がわるいと言いたいらしい。太兵衛は下っ
引に、「つまらねえ同情は禁物だぜ」と言った。
「死んでもいいと思ったら、何をやり出すかわからねえ。よく見張っていな」
下っ引は、頭をかきながら水谷町へ戻って行った。
おふみを見張っているのは、彼一人ではない。おふみが動けば誰かが知らせにくる
筈だし、行先もわかっているのだからと、知らせを待とうと思ったが落着かない。太
兵衛は、十手を腰にさして家を出た。
太鼓の音は、稲荷《いなり》社の祭だろう。初午《はつうま》の日は幟《のぼり》をたてるやら大行燈を吊《つる》すやら、江
戸市中はどこも大変な騒ぎとなるのだが、二の午の祭をするところもある。歓声をあ
げている子供達の輪は、甘酒や団子をふるまってもらっているところなのかもしれな
かった。
「二の午かと言っているうちに、十軒店《じっけんだな》の雛《ひな》人形市がはじまって、そうなりゃ、じき

に夏だ」

夏がくれば秋、秋が過ぎれば冬がくる。年が明ければ吾一は十九、その次の年には、当り前だが二十になる。

「もし、おさとの言うように、一生、相川屋の手代だったらどうすりゃいい」

おさとが言っているだけではない。太兵衛だって、岡っ引の倅が相川屋の番頭になれるわけがないと、胸のうちの隅っこで思っているではないか。親でさえ倅の将来を悲観しているのに、倅が明るい前途を夢みることなどできる筈《はず》がなかった。

俺のせいだと思った。吾一と太一に顔向けできないほど、若い頃の太兵衛は情けない男だった。表沙汰《おもてざた》になってはいないが、二度も人を傷つけているのである。

二度めの相手は、太一が弟子入りしている煙管《きせる》の細工師だった。つまらぬ口論がきっかけで相手の太腿《ふともも》を刺してしまったのだが、実は、相手の命を奪って自分は死罪となるつもりだった。死罪になりゃ手前《てめえ》で死ぬ手間がはぶけると思うほど、すさんでいたのである。今から二十三年前、太兵衛が二十二の時だった。

おさとは、相手の医者代のためにと深川へ走った。深川には岡場所《おかばしょ》がある。身を売って金をつくろうとしたものの、さすがに娼家《しょうか》へ入りかねていたのを、医者の知らせで岡場所周辺を探していた岡っ引が見つけてくれた。島中賢吾の父親が使っていた岡っ引だった。

当時の賢吾はまだ見習い同心だったが、太兵衛を捕えたのは彼だった。大番屋で賢吾と向いあっていた太兵衛は、おさとが身売りをする寸前に見つかったと聞いて、思わず泣き出した。娼家に入りかねていたおさとの姿に姉の姿が重なったせいもある。が、それよりも自分のために身を売ってくれようとしたおさとがいじらしく、おさとをいじらしいと思える気持がまだ自分に残っていたことが嬉《うれ》しかった。

賢吾も、太兵衛に残っていた気持に気づいてくれたのだろう。父に、太兵衛を岡っ引として使いたいと言い、父の定町廻り同心も承知してくれて、太兵衛は十手をあずかることになった。ただ、同心が岡っ引へ渡してくれる給金などたかがしれている。それをよく承知している同心はしばしば小遣いをくれるのだが、賢吾はまだ見習い同心だった。

それでも、太兵衛は給金や小遣いのすべてを、おさとは料理屋での給金と客からもらう祝儀《しゅうぎ》のほとんどを怪我《けが》をさせた煙管職人に渡した。職人の怪我が癒《なお》っても、怒りが消えるまではと渡しつづけた。金で解決のつくことではないとわかっていたが、それでも渡しつづけた。暮らしは楽ではなかった。残りの金で家賃を払い、飢えは、おさとが料理屋からもらってくる残りものでしのいだ。もういいと職人が言ってくれたのは、吾一が生れた年のことだった。職人は、或《あ》る時から、太兵衛が渡す金を太兵衛のためにためていてくれたのである。以来、職人とは、親類以上のつきあいをしている。

　いつのまにか新両替町一丁目を過ぎていた。町木戸のそばで大きなのびをしていた水谷町の書役に軽く頭を下げ、木戸を通ると、おふみの家が見えた。先刻の下っ引が、待ちぼうけをくわされているような顔をして三十間堀《さんじっけんぼり》の河岸《かし》地にたたずんでいた。

　おふみの家はこざっぱりとした仕舞屋《しもたや》で、内職をしながらこの家で暮らすには、吝《りん》嗇《しょく》とならざるをえなかったのかもしれない。亮吉と知り合ってからは、さらにその吝嗇ぶりがすさまじくなったことだろう。亮吉に浴衣《ゆかた》の一枚くらいは縫ってやりたくなったにちがいないし、そのための倹約だと思えば、近所の評判も気にならなかった筈《はず》だ。

　太兵衛は苦笑した。つまらねえ同情は禁物だと下っ引に言っておきながら、自分がおふみの胸のうちに足を踏み入れていた。

　太兵衛の姿を見ると、下っ引は中ノ橋の方へ歩いて行った。通りすがりの人達の目には、待ちぼうけをくわされた男が諦めて帰って行ったとしか見えないだろう。下っ引は、中ノ橋の上あたりで、しばらく川の流れを眺めているつもりかもしれなかった。

　太兵衛も河岸地に立った。まもなく夕七つの鐘が鳴る。昼間の風がおさまって、三十間堀は波をたてることを忘れたかわり、底知れぬ深さがあるような暗い藍色《あいいろ》をしていた。

決して高望みをするんじゃないよという、姉の声が聞えたような気がした。小柄な姉の軀《からだ》を飲み込んで吐き出したあの時の隅田川も、似たような色をしていたと思った。太兵衛が怪我《けが》を負わせたもう一人は今、どうしているか知らない。どこにいるのかもわからない。もし、あの時の傷がもとで不幸せになっているなら申訳ないと、吾一が当時の自分の年齢になった頃から思いはじめたが、探してみる気にまではなれずにいる。

姉が隅田川へ身を投げたという知らせがあったのは、瓦師《かわらし》へ弟子入りして二日目のことだった。身投げの原因はわかっていた。太兵衛は友蔵のいる家へ走り、友蔵を庖丁で刺して逃げた。逃げたつもりだったが、子供の考える逃げ場所など、すぐ見当がついたにちがいない。吾妻橋《あづまばし》の下にいたのを隣家の老人が探し出して、瓦師の家へ連れて行ってくれた。

わるいようにはしない、今までのことはすべて忘れて瓦師になれと、老人も親方も口を揃《そろ》えて言ってくれたのに、太兵衛はなぜあの家を飛び出したのだろう。太兵衛のために町方へ嘘をついてくれたのは、老人と親方だけではなかった。友蔵が刺されたと知った近所の人達も、その傷の手当てをしてやりながら、太兵衛がやったと一言でも言ったなら、太兵衛の姉を殺したのはお前だと触れて歩くと、友蔵を脅していたのである。

だが、太兵衛は、その人達の気持を汲《く》み取ることができなかった。今頃になってすぐ見破られそうな嘘をつくくらいなら、なぜ姉が生きているうちにかばってくれなかった、ひきとってくれなかったのだと人々の親切を恨み、世話をやいてくれようとする人達の手を振りきって、親方の家を飛び出した。無頼の者の使い走りをしたり、盗みをしたりして十数年を過ごした結果が、煙管職人との喧嘩《けんか》だったのだ。

瓦師の親方の家で働いていたら――。

「親分」

どこに隠れていたのか、先刻とは別の下っ引が太兵衛を呼んでいた。稲荷社の太鼓も、いつのまにかやんでいる。

「親分は、隠れていておくんなさい。こっちにゃ俺がいやす」

「出かけそうか」

「まだ茶の間の真ん中に坐《すわ》って、天井を睨《にら》んでいやす」

「そろそろ六つだな」

目抜き通りはまだ人通りがあるが、三十間堀沿いの道には人影が絶えている。風はおさまったのに、地面の底からひえてきた。宵の口の五つともなれば、帳簿の計算にいそがしい商家をのぞいて、皆、夜具にくるまっているだろう。麦湯売りの屋台や縁台将棋で賑《にぎ》わう夏とちがい、冬の町は人通りの絶えるのが早い。

太兵衛は、あたりを見廻した。藍玉《あいだま》問屋の看板が目立つが、その向うに夜鷹蕎麦《よたかそば》が荷をおろしたようだった。太兵衛は、あわてて下っ引から離れた。蕎麦売りを指さしてみせて歩き出す。下っ引は、探しものでもしているように河岸地を往復しはじめた。

太兵衛は、口あけの客だった。礼を言う蕎麦売りに背を向けて、湯気のたつ蕎麦のどんぶりを手に河岸地へ行くと、おふみの家がよく見えた。

太兵衛は、蕎麦売りに気づかれぬように、下っ引を手招きした。彼も腹が空いているにちがいない。下っ引は、自分がそこへ行ってもよいのかというようなしぐさをし、太兵衛がうなずくのを見て、嬉しそうに駆けてきた。

「親爺《おやじ》さん、二つ頼むぜ」

と言うのを聞いて、太兵衛はうっすらと笑った。腹の虫が鳴き放題に鳴いているにちがいない下っ引の年齢《とし》は十九、無頼の者の手下となって市中をすごんで歩いているのを下っ引としたのだが、いきなり蕎麦を二杯頼んだ姿に、昔の自分が重なったのだった。かつて無頼の者の使い走りをしていた太兵衛も、賭場《とば》からの帰り道に、彼が蕎麦売りの前で足をとめるとほっとしたものだった。「お前も食え」と言われて夢中で「二つ頼む」と言い、無頼の者を苦笑させたのではなかったか。そしておそらく、今の下っ引のように、震えながら蕎麦のできあがるのを待っていたことだろう。

「落としものかえ、にいさん」

太兵衛は、おふみの家を眺めながら下っ引に声をかけた。

「へえ、財布ってえものを」

下っ引も、たくみに話を合わせてくる。

「なけなしの銭《ぜに》が入ってるってえやつでさ。蕎麦代くれえは袂《たもと》に入っているからいいようなものの、明日の米代に困っちまう」

蕎麦ができて、下っ引はものを言わなくなった。蕎麦をすする音だけが聞えてくる。またたく間に一杯をたいらげて、下っ引は二杯めを受け取った。

「昼めしも食わずに探していたようだな」

「ま、そんなところで」

「袖《そで》すりあうも他生《たしよう》の縁だ。俺も蕎麦代くらいは持っているから、三つ食いたかったら遠慮せずに食いねえ。俺が払わせてもらうよ」

「とんでもねえ。今会ったばかりのお人に」

「なあに、遠慮するなってことよ」

月がゆっくりとのぼりはじめた。よどんでいるような三十間堀の水が、鏡のように光りはじめた。

下っ引は二杯めを空にして、三杯めを頼むか頼むまいか思案している風だったが、満腹になっていなくても食べてはいられなくなった。おふみの家の格子戸《こうしど》が開いたのである。

「もう食えねえ。蕎麦《そば》っ食《く》いの俺が情けねえ話だが」

「それじゃ、河岸地ばかりを探していねえで、手前《てめえ》の歩いてきた道を探してみな。蕎麦は俺が奢《おご》るよ」

「かたじけねえ。遠慮なく、ご馳走《ちそう》になりやす」

仕事帰りに縄暖簾《なわのれん》で酒を飲んできたのか、職人風の二人も蕎麦を頼んで河岸地に腰をおろした。下っ引は急いで蕎麦売りから離れ、太兵衛は、「もうお帰りかえ」などと話しかけてくる職人風の二人へいい加減な返事をしながら蕎麦代を支払った。

おふみは、三十間堀一丁目と新両替町一丁目の横丁を抜けて、京橋を渡って行く。月夜だというのに、提燈《ちょうちん》を下げていた。

太兵衛は、舌打ちをして歩いてきた道をふりかえった。中ノ橋にいる下っ引は、おふみが遠まわりをしたことにまだ気づいていないだろう。

　橋を渡り終えたおふみが左へ曲がった。道はすぐ二股《ふたまた》にわかれ、左へ行けば吉次の妹夫婦が蕎麦屋をいとなんでいる大根河岸となる。昔は青物の市場があったというところだ。が、おふみが吉次をたずねるわけもなく、右へ折れて行った。畳町への道だった。

　夜はひえるとはいえ、まだ五つにもならぬ時刻である。道には、酒で軀を暖めて帰ってくる手合《てあ》いや、後片づけが遅くなってこれから湯屋へ駆け込むらしい女中の姿などがあって、まったく人影がないわけではない。

　が、おふみは、ためらわずにまだ明りの入っていない若松の掛行燈《かけあんどん》に近づいた。さすがに人通りが気になりだしたのだろう。行燈に手をかけて、あたりを見廻している。太兵衛は鰻屋《うなぎや》の看板の陰に隠れた。先に着いていた下っ引は、にぎりこぶしのやぞうで、あごをこすりながらゆっくりと通り過ぎて行った。

　おふみが、袂から紙屑《かみくず》のようなものを取り出した。掛行燈を開け、紙屑を中へ押し込んで、ふたたびあたりを見廻した。

「徳」

と、太兵衛は、どこかに隠れている筈の下っ引を呼んだ。おふみは、太兵衛が心配した通り、提燈の火を掛行燈の中の紙屑へうつそうとしたのである。

どうしても亮吉が許せなかったと言って、おふみは泣いた。弓町の自身番屋であった。蝮《まむし》の吉次の顔がきき過ぎている畳町の自身番屋を避け、太兵衛の住まいが町内にある弓町まで、おふみを連れてきたのだった。

掛行燈へ用水桶《ようすいおけ》の水をかけた下っ引の徳はいつのまにか姿を消し、そのかわりに番屋の当番が呼んできた亮吉がいる。太兵衛が予想した通り、亮吉は、「おふみとは縁がきれている、おふみの火付けと俺は何のかかわりもねえ」と言い張って、番屋へ行くのを拒んだそうだが、当番も太兵衛が教えた通り、お前が縁を切ったからおふみは火付けを働く気になった、かかわりは充分にあると、負けずに強情を張ったらしい。

「二年の間、亮さんは毎日うちでご飯を食べていたんです」

と、おふみは太兵衛に訴えた。

「商売を終えるとうちへ帰ってきてご飯を食べ、湯屋へ行って、それから亮さんのうちへ帰って行きました。商売へ出かける前にまたうちへきて、ご飯を食べて商売に出かけて行く、そうやって、お店を出すお金をためていたんです」

「お前《めえ》がきてくれと頼んだから、行っていたんだ」

亮吉が口をはさんだ。

「一人口《ひとりぐち》は養えねえが二人口《ふたりぐち》なら養えるという、だからきておくれとは、どこのどなたが言いなすったんだ。確かに俺あ、お前《めえ》に湯銭ももらったよ。浴衣も袢纏《はんてん》も縫ってもらったよ。その分の金をためていたことも間違《まちげ》えねえが、それもそうしてくれとお前《めえ》が頼んだんだぜ」

「頼みましたさ、そりゃあ。けど、そのお店はわたしのものでもあると思っていたから頼んだんですよ。この人がおはると一緒になるとわかっていりゃあ、ご飯を食べにこいとも言いませんでした。どうせけちだと悪口を言われるなら、わたしはわたしのためにお金をためましたさ」

おふみは、亮吉を見ようとしなかった。

「わたしは仕立てものの内職で暮らしていたんです。縹緻《きりよう》もよい方じゃないし、とりわけ器用な方でもない。母親はわたしが十八の時に死んじまいましたが、その母親に言われるまでもなく、わたしゃ一人で暮らす覚悟をしていました。ええ、母親はわたしの父親に騙《だま》されて所帯を持っちまったんです。別れるまでの苦労ったらなかったというのが口癖でした」

母親が生きている間に、所帯をもちたいと言ってきた男もいないではなかった。が、貧乏暮らしをしている者ばかりであった上、おふみには、別れたあとも小遣いをもらいにきた父親の面影が脳裡《のうり》にこびりついていた。まだ嫁ぐのは早い、こちらが貧乏暮らしから抜け出せば、もう少し利の多い商売をしている男にめぐり会える、おふみはそう思っていたし、母親もそう言った。

太兵衛は、ちらと亮吉を見た。きっぱりとした顔立ちが好もしい男だった。どんなきっかけでおふみと亮吉が出会ったのか知らないが、この顔立ちで、ゆくゆくは縄暖簾を出したいなどと言われれば、待っていた男があらわれたと、必死でためていた金を差し出す気にもなったにちがいない。

「四年間ですよ、親分」

と、おふみが言った。

「あっという間のようだけれど、わたしの蓄《たくわ》えがなくなったのを見れば、四年間は長かったんです」

だが、亮吉に、店を出すまでの金はたまらなかった。これでは一生「おでん燗酒《かんざけ》」の振り売りだと、亮吉は焦《あせ》ったのかもしれない。かつては縄暖簾をいとなみ、多少の金を蓄えていたおはるという娘の父親と出会い、おはるをめとることにした。

「わたしは、亮さんに詰め寄りましたよ。何のためにわたしが爪《つめ》に火をともして、お前《めえ》にお金を遣わせないようにしてやったんだ、お前《めえ》と所帯をもちたい一心からしたことじゃないかってね。亮さんは、顔をしかめてこう答えてくれました。お前《めえ》は俺に惚《ほ》れていたんじゃねえ、俺が出す店に惚れていたんだ。それが、どうにも我慢ならねえんだって」

おふみの唇が震えた。声をあげて泣き出すのではないかと思ったが、涙のにじんできた目を赤くしただけだった。

「一言もありませんでした。だって、確かにわたしは亮さんと一緒にその店で働きたかったんですもの。亮さんでなけりゃ大事な金を渡しゃしなかったけれど、わたしもお店を持ちたかったんです。だから、亮さんにわたしの稼ぐお金を渡していた。死んだ母親が、自分の縹緻がわるくっても男に好かれようとして貢《みつ》いではいけないと言っていたのを、今になって思い出しました」

太兵衛の姉も、決して高望みをするんじゃないと言って命を絶った。

「恨みますよ、旦那《だんな》。若松なんてえ店は、丸焼けになっちまえばよかったんだ。おはるの父親だって、そんなに金を持っているわけじゃない。若松が焼けちまえば、亮吉もおはるもおはるの父親も、みんな一文なしだ。いい気味じゃありませんか。わたしの金で暮らして手前《てめえ》の金をためて、手前《てめえ》だけ幸せになろうたって、そうはゆくかってんだ。わたしゃ火あぶりになっても……」

「やめなよ。心にもねえことを言うんじゃねえ。お前《めえ》が火あぶりになって、亮吉が一文なしになって、どこにもいいとこがねえじゃねえか」

太兵衛の言葉も耳に入らぬのか、おふみは番屋の当番が出してくれた茶を、熱さも感じなかったのか一息に飲み干して、「ああ、若松を灰にしてやりたかった」とわめいた。

「ばかやろう、黙っていろと言ってるだろうが」

太兵衛に叱《しか》られて、おふみは瞼《まぶた》の下を痙攣《けいれん》させながら口を閉じた。

「お前《めえ》、熱い茶を飲んで、口ん中を火傷《やけど》しなかったかえ」

おふみは何も言わずに、番屋の土間にうつぶせた。泣き出したのだった。

明日の朝までおふみをあずかってくれと番屋の者達に頼み、太兵衛は番屋を出た。大番屋送りにせず、おふみをこのまま放免するのかと亮吉は不満そうだったが、太兵衛は逆に、「掛行燈くれえ手前《てめえ》で直せ」とすごんでみせた。岡っ引にさからえばろくなことはないと思っているのだろう。亮吉は、しぶしぶ承知して引き上げて行った。
徳の知らせをうけたのか、中ノ橋の上にもいた筈《はず》の下っ引の姿はなく、犬の遠吠《とおぼ》え
だけが聞えている。太兵衛は、ゆっくりと家へ向った。新両替町一丁目から、俗に銀
座町と呼ばれている二丁目へ出て右へ曲がる。弓町の裏通りへ入る曲がり角に近づい
たところで、小走りの下駄の音が聞えてきた。角を曲がった下駄の音の主は、裏通り
へ入らずにいる太兵衛に気づいたようだった。
「あら、お前さん？」
おさとは下駄を鳴らして走ってきて、「ああ、よかった」と言った。
「ちょいとうるさいお客がいてね。今、お店を出たんだよ。お前さんの方が先に帰っ
ていて、お腹《なか》を空かして怒っているんじゃないかと思って」
寒《さむ》――と言いながら、おさとは太兵衛の胸へ肩を寄せてきた。
「よせ。みっともねえ」
「何を言ってるんだよ。女房が寒くって震えているのに」
「うるせえな」
おさとは、裏通りへ先に入ろうとした太兵衛の袖《そで》を引いた。
「ね、ご覧なさいな、いいお月様」

「のんびり月を見ている暇なんざねえよ」

「と言いながら、今夜も眠れないくせに」

太兵衛は足をとめて、おさとをふりかえった。「いいお月様」の光が、おさとの頬を青白く見せていた。

「吾一のことは心配ありませんよ。そりゃ相川屋さんの番頭になりたいにはちがいないけれど、番頭になるばかりが能《のう》じゃないことは、吾一が一番よく知ってますよ」

太兵衛は黙って足許《あしもと》を見た。月の光は、狭い裏通りの小石まで照らしていた。

「どうやら、袋物師の娘さんといい仲のようだし。貧乏暮らしでもいいから所帯をもとうと考えるんじゃありませんか」

「そうか」

「ま、せっかく相川屋さんで働けるようになったのに、番頭になれないのは可哀《かわい》そうですけどね。でも、相川屋さんをやめて所帯をもっても、あの子ならやってゆけますよ。何といったって、わたしの倅《せがれ》なんだから」

「ばかやろう」

太兵衛は空を見上げた。おさとの言う通り、いい月だった。吾一がおさとにだけ、袋物師の娘とのことを打ち明けていた口惜《くや》しさは、月に免じて忘れてやろうと思った。

弥五

草紙問屋の店先に腰をおろし、役者絵を選んでいる在所の者らしい男の手許《てもと》を見ていたのがいけなかった。「もしかして、弥四郎さんじゃございませんか」と声をかけられて、我に返った時には、その女が目の前に立っていた。

が、女と視線を合わせる前に、軀がひとりでに動いた。踵《きびす》を返して、逃げ出そうとしたのだった。弥五《やご》を弥四郎と呼ぶ者は、何人もいない。顔を合わせたくなかったのだが、袖《そで》を供の女につかまれていた。

「ほら、やっぱり弥四郎さんじゃないか」

と、声をかけた女が、袖をつかんでいる女に言っている。袖をつかんでいる方は、「よく、おわかりになりましたねえ」と感心していた。

弥五は、目をしばたたきながら女を見た。こうなれば虚勢をはるほかはない。首をすくめて、「いそがしいんだよ、俺は」と言った。

「どこかの娘御《むすめご》、いや、お内儀《ないぎ》につきあっている暇はねえんだ」

「あら」

声をかけた方の女が目を見張った。その目に昔の面影があった。いや、小さくてかたちのよい唇も、おそるおそる指先でつまんだような雛《ひな》人形に似た鼻も、幼馴染《おさななじ》みで親のきめた許嫁《いいなずけ》だった頃のままだった。

「お内儀ですって」

女の低い笑い声が聞えた。

「わたしはもう、後家《ごけ》ですよ」

「え？」

思わず、弥五は女と視線を合わせた。

弥五が弥四郎と呼ばれていた頃、女は横山町一丁目の紅白粉《べにおしろい》問屋、八幡屋《やわたや》源七《げんしち》の娘だった。名を、みのという。八幡屋源七と同じ町内の糸物問屋、小桜屋《こざくらや》四郎兵衛《しろべえ》とは、その祖父の代から親しかったのだそうだ。四郎兵衛の倅《せがれ》、弥四郎が物心ついた頃は、毎日のように源七が顔を出していたし、四郎兵衛も、事があってもなくても八幡屋へ足を向けていた。三、四歳頃までのおみのと弥四郎は、子犬がじゃれるように、ふざけあっていたものだ。

「若後家なの、わたし。弥四郎さんは？」

「女房なんざ、もらえるご身分じゃねえよ」

少し前までは浅草天王町《てんのうちょう》の湯屋で働いていたが、今は古傘買いという仕事にかわっている。天王町の岡っ引、辰吉《たつきち》の下で働くには、その方がいいと思ったからだ。湯屋の湯槽《ゆぶね》は薄暗いところにあるが、それでも客はのんびりした気分になるのか、昼間は胸のうちにしまい込んでいたことも喋《しゃべ》ってしまう、その話を聞いている者も、つられて内緒にしていたことを声高《こわだか》に話してしまうとは、辰吉が教えてくれたことだった。弥五は、湯槽の湯の加減をみたり客の背を流したりしながら、そんな噂話《うわさばなし》に聞耳をたてていた。罪を犯した者と親しかった客に、それとなくその男のたちまわりそうな場所を聞き出したこともある。弥五が下っ引であるとは、まだ誰も気づいていない筈《はず》だが、気づかれてしまっては下っ引の仕事をつづけられない。気づかれぬうちに商売替えをした方がよいと考えたのである。

今日は、辰吉の頼みで芝七軒町《しばしちけんちょう》まで使いに行った。料理屋の座敷を使わせてもらったことへの礼で、用事をすませて神明町《しんめいちょう》の通りへ出てきたところだった。古傘買いの天秤棒《てんびんぼう》こそかついでいないが、むし暑さに袖をまくり、尻《しり》を端折《はしょ》った弥五を、おみのはよく弥四郎とわかったものだ。この身なりで横山町界隈《かいわい》を歩いても、「弥四郎さんではないか」と声をかけられたことは一度もないのである。

「ずっと、お目にかかりたいと思っていたのに」

と、おみのは言っている。

「ふいに行先がわからなくなってしまうんですもの」

その理由を言えるわけがない。

「あの、お目にかかったばかりで何だけれど、あとでお目にかかることはできないかしら」

「よした方がいいと思うけどな」

供の女がおみのをかばうように立って、往来の激しい神明町の通りを見廻している。人目を気にしているのだった。

どこかで見かけたような気がするのは、おみのが八幡屋の娘だった頃からそばにいた女であるのかもしれない。大店《おおだな》の娘が嫁ぐ時、気に入りの女中や気のきく女中を連れて行くことがあるが、彼女もそのどちらかなのだろう。そういえば、おたまという女が、始終おみのについていた。

彼女が舅《しゅうと》夫婦に告げ口をする気遣いはあるまいが、おみのと弥四郎はかつて夫婦《めおと》になる約束をしていた間柄だった。しかも、今は若後家と独り者である。立話をしている姿を、嫁入り先の女中などが見かけたならば、姑《しゅうとめ》に何を言うかわからない。

「ね、お願い」

手を合わせてみせて、おみのは自分の大仰《おおぎょう》なしぐさにてれたのか、その手の甲をこすり合わせて笑った。

「ご迷惑はわかっているのだけど。お願い、相談にのっておくんなさいな」

「相談にのってくれと言われたって」

下っ引に何ができるってんだ。

が、弥五は、その言葉を飲み込んだ。岡っ引は十手《じって》を見せて人の周辺を嗅《か》ぎまわるが、下っ引は、人に知られぬように嗅ぎまわる。町方を敬遠し、岡っ引を嫌っている江戸の人達が、下っ引に好意を持っているわけがなかった。

「いいんです、愚痴《ぐち》を聞いてもらうだけで」

「親父《おやじ》さんやおふくろさん、それに兄貴だっているじゃねえか」

「身内には話せないことだってあるでしょう?」

弥五は口を閉じた。

「愚痴ぐらい聞いておくんなさいな。そのかわり、どうしてわたしに便りの一本くらいくれなかったのかとは言いませんから」

弥五は、おみのから目をそらせて俯《うつむ》いた。それがおみのには、うなずいたと見えたのかもしれない。「お住まいへ伺ってもいい?」と言う声が聞えた。弥五は、あわててかぶりを振った。

「そうね、弥四郎さんのところへおたずねするのは、よした方がいいかもしれませんね」

おみのはちょっと考えてから、通油町《とおりあぶらちょう》にある鰻屋《うなぎや》の名を言った。弥五も昔、父親と一緒に行ったことのある老舗《しにせ》だった。

「沼田屋を覚えていなさるでしょう? あそこの小父《おじ》さんと小母《おば》さんは、いまだにわたしを娘のように思っててくれなさるの。沼田屋の二階なら、何の心配もありませんから」

そう言って、おみのは小指を出した。弥五は二十四、おみのも二十三になっている筈《はず》なのに、指きりをさせるつもりなのだった。

「いいよ、わかったよ。でも、沼田屋に行って鰻を食うだけで、何の役にも立たないかもしれねえぜ」

「よかった」

人目が気がかりでならないのだろう、供の女は眉間《みけん》に皺《しわ》を寄せていたが、おみのは、心底からほっとしたようすでその女をふりかえった。

「明後日《あさって》の昼過ぎ、八つ頃なら出かけられるね?」

供の女がかすかにうなずくのを見て、弥五は足早に歩き出した。

気がつくと、猿屋町《さるやちよう》に向かって歩いていた。自分の家のあるところで、家に帰るならば、目の前にある廻米納会所《かいまいのうかいしょ》の先を右へ曲がらなければならない。

弥五は、足をとめてふりかえった。辰吉の使いで芝の料理屋まで行ったのに、辰吉に亭主の返事を伝えてこなかったような気がした。

が、天王町の方角を眺めているうちに、ゆっくりと記憶が戻ってきた。たった今、辰吉の家を出てきたのだった。辰吉の家にはおぶんもいて、弥五にだけは見せてくれる笑顔で迎えてくれた。辰吉も、遠い親戚《しんせき》ということになっている弥五に、「年齢《とし》の近《ち》えお前とおぶんを親類ということにしておけばよかった」という幾度も聞いた冗談を言い、おぶんが用意していた昼飯を出してくれた。懐《ふところ》に手を入れれば、今日の稼ぎをふいにさせたからと、辰吉がくれた小遣いの紙包がある。

「しなけりゃならねえことは、ちゃんとしているようだぜ、俺は」

弥五は、苦笑いをして横丁を曲がった。弥五の住む長屋は、稲荷《いなり》社の裏側にある。

「こんなところへ、きてもらえるわけがねえじゃねえか」

おみのは、弥五の身なりを見ても、昔の弥四郎がどこかに残っていると思ったのだろうか。

裏長屋の木戸の前にきていたが、万年床に寝転がる筈の気が変わった。弥五は、稲荷社の横を通って橋のたもとへ出た。幅六尺の、名前もない小さな橋だった。

橋の下の鳥越川《とりごえがわ》は、三味線堀から大名屋敷の間を流れてきて、天王橋の下を通って隅田川へ入って行く。三味線堀を流れ出たところには転軫橋《てんじんばし》という名の橋がかかっていて、辰吉の家が近くにある天王町近くの流れには、鳥越橋がかかっている。俗に、天王橋と呼ばれている橋である。二つならんでかけられている双子の橋で、双方とも同じ名で呼ばれている。猿屋町の西側にある橋は、甚内橋《じんないばし》という。

弥五は、雨に濡《ぬ》れて灰色に変色している木の欄干を撫《な》でた。この橋だけ名がないのだが、では人通りが少ないかというと、そんなことはない。両国や柳橋あたりから元鳥越町へ向う人達が、この橋を渡って行くのである。

役に立っているのだと、弥五は思う。ここに橋が欲しいと大勢の人達が望んだからこそ、かけられたにちがいないのだ。

でも、名前はない。

俺だって役に立っていると、弥五は幾度思ったことか。

下っ引にならぬかと辰吉に言われた時、弥五は首を横に振った。小伝馬町《こでんまちよう》の牢獄《ろうごく》へ送りたくない一心で言ってくれたのだとはわかっていたが、人の秘密を探って歩くような仕事には、どんな理由があろうとつきたくなかった。女を騙《だま》したとんでもない男として、小伝馬町へ送ってもらった方が、よほどすっきりすると思った。

「そうか」

と、辰吉は意外そうな顔もせずに言って、弥五を根岸へ連れて行った。もと定町廻《じようまちまわ》り同心《どうしん》の森口慶次郎《もりぐちけいじろう》が、寮番と称して、飯炊《めした》きの佐七《さしち》と暮らしている酒問屋の寮だった。

そこで、下っ引をつとめてくれる者がいなければ、探索がうまくゆかぬのだと諭《さと》されたわけではない。辰吉は何も言わずに弥五を置いて帰ろうとし、慶次郎は門のくぐり戸の前まで辰吉を追いかけて行って、いやがる者をむりに下っ引にするなと諭していた。弥五は、とめようとした佐七を押し倒し、表口の三和土《たたき》に降りて、慶次郎のその言葉を聞いた。

だったら、やってやろうじゃねえか。

なぜそう思ったのか、今になってもわからない。ただ、自分にも、自分をここまで追い込んだ世間にも、無性《むしよう》に腹が立った。腹が立って腹が立ってならなかった。人に嫌われる仕事も世の中には必要なのだなどという言葉は、きれいごと過ぎて腹が立つが、でも、下っ引になれと言う時くらいは口にしてもいい。それを最後まで言ってくれなかった辰吉には、一番腹が立った。

「下っ引をつとめてくれってんなら、つとめてやらあ。俺も、落ちるところまで落ちたものだぜ」

弥五は、表口から顔を出してわめいた。では大番屋へ行くかと、ふりかえった辰吉が言った。落ちるところまで落ちるより、大番屋へ行った方がよいのだろうというのだが、大番屋へ行くことは入牢証文《じゅろう》をとるということだった。辰吉は、森口晃之助《こうのすけ》から手札《てふだ》をもらっている岡っ引で、弥五が女を騙したと辰吉が晃之助に差し口をし、晃之助が弥五を捕えた。が、辰吉は弥五を自分があずかると言い、晃之助もあっさり承知して奉行所へ戻って行った。

大番屋へ連れて行かれるとなれば、晃之助が呼ばれ、自身番屋とはくらべものにならぬほど厳しい調べをするだろう。弥五は恐れ入って、一部始終を白状して、小伝馬町の牢舎へ送られる。そこで、いやなにおいがするというめしを食べながら、裁きの日を待つのだ。

それでもいいと答えるつもりだったが、言葉がのどにつかえた。森口慶次郎という男が何か言ってくれるのではないかと思ったが、何も言ってくれなかった。弥五は、懸命に言葉を声にした。やってやろうじゃねえかという言葉が唇《くちびる》の外へ出た時、弥五は思わず大きな息を吐いた。「伝馬町行きをまぬがれた」とほっとしたのだった。弥五は辰吉と一緒に八丁堀《はっちょうぼり》へ行き、庭先から晃之助に挨拶《あいさつ》をした。なぜ俺が座敷へ上げてもらえぬのだと思うと、情けなくて涙がこぼれた。「坊ちゃま」と呼ばれ、出かける時には乳母《うば》が草履をそろえてくれた昔ばかりが思い出され、晃之助の言っていることなど、まるで聞いていなかったのを覚えている。

弥五は、小桜屋の一人息子だった。やっとさずかった子供であるだけに、四郎兵衛の可愛《かわい》がりようは尋常ではなかった。弥五、いや弥四郎に風邪をひかせた乳母をなじり、気をつけていても風邪はひくと言い返した乳母を追い出したことさえあった。

その割には素直な子であったと思うが、頼りない男の子であったことは否《いな》めない。十二歳の時に四郎兵衛が急逝《きゅうせい》し、その三年後には問屋の株を買い取られた。買ったのは、四郎兵衛の弟だった。四郎兵衛の弟、弥四郎には叔父となるその男は、三丁目で艾問屋《もぐさどんや》をいとなんでいたが、いつかは先祖からの商売に戻りたいと機会を探していたらしい。

一方、小桜屋の番頭は、暖簾《のれん》を守ることに忠実な男だった。四郎兵衛の死後、丸一年が過ぎてもまだ「商売のことはわからない」と言いつづけていた弥四郎に、愛想をつかすのは当然だった。刀の下緒《さげお》や羽織の紐《ひも》で名を売った小桜屋の暖簾が、このままでは他人の手に渡ってしまうと危惧《きぐ》した番頭は、艾問屋へ相談に行った。叔父には、渡りに舟の相談だっただろう。

話は、弥四郎も弥四郎の母も知らぬところでまとまった。番頭と叔父の意見が、小桜屋の暖簾は決しておろさぬという点で一致したのである。弥四郎が、そろそろ商売に身をいれねばと思った時には、叔父に株を売り払うほかはなくなっていた。

おそらくは心労のあまり、母は父のあとを追って行った。あの世で「弥四郎を助けてやって」と言ってくれたのかどうか、弥四郎はかなりの金を渡されて横山町の家を出た。

それでもまだ、弥四郎の評判だけがわるいということはなかった。母方の親戚は、十五にもなってあの稚《おさな》さではと呆《あき》れていたようだが、一方で、そんな跡取りを支えてやるのが番頭のつとめではないかとも言っていたようだし、横山町界隈の評判も、あれでは小桜屋の倅《せがれ》が可哀《かわい》そうだと、むしろ弥四郎に同情が集まっていた。

乳母は自分の家へ帰らずに、米沢町《よねざわちょう》の仕舞屋《しもたや》へ移った弥四郎についてきたし、若い女中も一人、あの番頭さんの下では働く気がしないと言って、あとを追ってきた。さほど広くはない仕舞屋での三人暮らしは、番頭に帳面と算盤《そろばん》を押しつけられない分、快適だった。

無論、おみのもきた。おみのは、番頭と弥四郎の叔父がわるいと言い、ここまでくる間に何も気づかなかったと言っている弥四郎の母方の伯父達を、迂闊《うかつ》だと言って責めた。そのあとで、弥四郎を助けてやれなかった父、八幡屋《やわたや》源七が情けないと言って涙をこぼした。

が、何と言おうと、弥四郎が小桜屋の若主人であった昔に戻りはしない。戻りはしないのに、番頭と叔父がわるい、親戚が迂闊だったと人を責めるのはいやだった。弥四郎は、鷹揚《おうよう》な口調で「人を責めてはいけないよ」と言った。自分が情けない男であるとはわかっていたが、発奮とか、努力とかいうものは、弥四郎とは無縁のところにあった。暮らしのための金はあり、乳母や女中やおみのが嘆くのを聞いていたり、世間の噂《うわさ》を耳にしたりするのは、悪役に苦労をさせられる二枚目の役どころのようで、わるい気分ではなかった。

が、それは、わずかな間のことだった。まず、若い女中が、在所の親に呼び戻されたと言って、米沢町の家を出て行った。その言葉を疑いもせず、かなりの餞別《せんべつ》を渡してやったが、一月《ひとつき》ほどたってから、乳母が横山町の小間物《こまもの》問屋で働いているその女中を見たと言った。大金《たいきん》を持っているとはいえ、毎日、茶の間で草双紙《くさぞうし》を眺めている弥四郎の行末《ゆくすえ》が、不安になってきたにちがいなかった。

二人めは、おみのだった。おみのが親に内緒で米沢町へきていることは知っていたが、その日のおみのは供の女中も連れていず、案内も乞《こ》わずに家の中へ飛び込んできた。

「堪忍《かんにん》して、弥四郎さん。わたしはもう、ここへこられない」

おみのは三和土《たたき》に泣きくずれた。弥四郎の境遇が変わっても夫婦の約束はそのままなど、ありえないことだった。たまたま倅の許嫁《いいなずけ》を病いで失った海産物問屋から、ぜひにという話が持ち込まれ、源七も承知したというのだった。

「わたしは大丈夫さ」

と、弥四郎は言った。

「わたしのことなど心配せず、お父《とっ》つぁんの言うことをきいておあげ。それに、その方がおみのちゃんの幸せになる」

気障《きざ》なことを言ったものだった。弥五は、唇を歪《ゆが》めて笑った。当時の弥四郎は、自分が二枚目の役どころを演じているに過ぎないと、まるで気づいていなかったのである。駆落してくれと泣くおみのの背を撫でて、自分も少し泣いて、むりやりおみのを八幡屋へ帰して、肩を落として茶の間に坐《すわ》り込む。たった一人の観客だった乳母は、もらい泣きをしていたが、お腹《なか》の中では「もういい加減にしてくれ」と思っていたのではあるまいか。

それからまもなく、乳母は故郷の相州へ帰って行った。新しい女中を雇い、落魄《らくはく》した二枚目にふさわしいと思える暮らしをしているうちに、死ぬまであるように見えた金が、驚くほど少なくなっていた。弥四郎は、二十になっていた。

母方の親戚を頼って働くことも考えた。手代《てだい》として雇えと、小桜屋へ乗り込もうかと考えたこともある。が、考えただけだった。どこで働くにしても、その店の若主人となることはありえない。それどころか、一生を手代のままで終えてしまうかもしれないのである。

あれが小桜屋の弥四郎だ、番頭と叔父さんにひどい目に遭わされたにもかかわらず、けなげに働いていなさると同情を集めているうちはいい。そんな同情も噂もすぐに消えて、あとには栄次郎だとか清次郎だとか、その店の手代の名をなのって、主人や番頭にこき使われている男が残るだけだ。世間の隅へ追いやられて、ひっそりと生涯を閉じる破目になる。

いやだ、とんでもないと首をすくめているうちに事件が起こった。残っていた金を盗んで、女中が姿を消したのである。

相談する者はいなかった。弥四郎は、はじめて自分一人で考えた。考えて、自身番屋へは駆け込まぬことにした。

金を盗んだ女中は、江戸から逃げ出しているだろう。女中には男がいて、時折、口実を設けて出かけては会っていたらしい。男の指図に従ったにちがいなく、そんな男であれば、関東に多い旗本領へ逃げ込む算段くらいはしていた筈《はず》だった。旗本領に町方の手は及ばない。どこの商家であったかは忘れたが、手代に金を持ち逃げされて訴えて出たという話を聞いた時、父親の四郎兵衛は、「訴えたところで、面倒くさそうな顔をした町方と、たちのわるそうな岡っ引がきて、家の中のことをうるさく嗅《か》ぎまわるだけだ。知られたくないことを知られてしまった上、盗《ぬす》っ人《と》はつかまらないというわけさ。お気の毒なことだ」と話していた。

訴えはしなかったのに、大根河岸《だいこんがし》の吉次《きちじ》となのる岡っ引がたずねてきた。昨日までいた女中は、どこへ行ったのかというのだった。つむっているように細いのに、鋭く光っているのがよくわかる薄気味のわるい目に眺めまわされて、弥四郎は軀《からだ》が震えてきた。

「不都合なことがありましたので、暇を出しましたが」

落着け、わたしがわるいことをしたわけではないのだからと、いくら自分に言い聞かせても震えはとまらなかった。

吉次は、鼻先で笑って帰って行った。胸を撫でおろしたが、翌日もやってきて同じことを尋ねた。弥四郎も、同じ返事をした。「男に夢中になって、仕事が手につかなくなった女中に暇を出して、何がいけないんですか」と、震えながらもつけくわえることができたのは、多少、度胸が据わってきたからかもしれなかった。

辰吉がきたのは、その翌日のことだった。米沢町の番屋で噂を聞いた森口晃之助が、調べてみろと命じたようだった。

辰吉の目もこわかったが、震えがとまらぬほどではない。弥四郎は、吉次に言ったのと同じ嘘《うそ》を楽々とついて辰吉を帰した。懐《ふところ》に入れていたので無事だった財布の金は、それから数日後に尽きた。

空腹は、水を飲んでもおさまらなかった。水が体内を通り抜けて行ったあとは、なお空腹になったような気がした。

弥四郎は財布をさかさにし、長火鉢や簞笥《たんす》の引出をかきまわして、ようやく十八文の銭《ぜに》を集めた。かけか、もりか、つゆで腹がいっぱいになるかもしれぬから、かけにしようときめた時の情けなさは、今も記憶に残っている。

が、かけを食べてしまえば二文しか残らない。恥をしのんで母方の親戚《しんせき》に金を借りに行ったが、弥四郎が望んだほどは貸してもらえなかった。少し考えれば、返してもらえるあてのない金を気前よく貸してくれる人などいるわけがないと、すぐにわかる筈だったが、当時の弥四郎は、そんなことを考えもしなかったのか、考えてもわからなかったのか。

しかも、ろくでもないことを考えた。弥四郎は、見世物小屋前の雑踏の中でわざと足を踏み、足袋を汚してやった女を水茶屋へ誘った。そうであればよいがと願った通り、女は供の女中一人を連れた若後家だった。気病みの療養を理由に元柳橋近くに家を借り、女中と飯炊きの男との三人暮らしをしているのだという。見世物小屋の前に半刻《はんとき》以上も立っていて、やっと見つけた女だった。

足袋を買ってくるという弥四郎に、女は笑ってかぶりを振った。

「こんな汚れ、洗えばもと通りになるじゃありませんか」

「おろしたての足袋でしょう？　新しい足袋は古い足袋になれますが、水をくぐった足袋は新しい足袋にはなれない」

そんな冗談でも、女は面白がってくれた。弥四郎は、急いで足袋を買いに行った。長身の女には九文半《ここのもんはん》か九文三分くらいの寸法が合うのではないかと思ったが、弥四郎は、九文を買った。

　女は、桜湯を飲みながら弥四郎の帰りを待っていた。差し出された足袋を見て面白そうに笑い、もう少し大きいものと取り替えに行くという弥四郎をひきとめた。

　何の話をしたのか忘れたが、小半刻《こはんとき》近くも水茶屋にいて、茶代は、世間話がよい気散じになったという女の方が払ってくれた。そして、それでは申訳ないから足袋を届けに行くと言う弥四郎を、拒みもしなかった。

　男女の間柄となるのに時間はかからなかった。それからざっと一年間、弥四郎は、女から小遣いをもらいつづけた。

　なみという名の女だった。久松町の塗物問屋の後家で、子供がいないため、死んだ亭主の姉の倅《せがれ》を養子にしたと言っていた。舅《しゅうと》夫婦には実の孫である。おなみは弥四郎より六つ年上だったが、養子も弥四郎より一つ年上だった。その養子が女房をめとって、おなみのいる場所がなくなってしまったらしい。気鬱《きうつ》の病いになるわけだった。

　おなみと知りあって、弥四郎の気鬱の種はなくなった。おなみからもらった小遣いで、親戚へ借金を叩《たた》き返したのである。ひさしぶりに、注目を集める人物になったような気がした。

　そのままゆけば、おなみとの関係はしばらくつづいていたにちがいない。弥四郎は自分を、家を追い出された放蕩息子《ほうとうむすこ》だと言っていた。吉次や辰吉を前にして、必死に嘘をついたせいだろう、おなみへの嘘など気楽なものだった。

おなみの病いは、弥四郎のつまらぬ冗談に笑いころげているうちに全快した。弥四郎とのことは、女中から伝わっていただろうが、塗物問屋は何も言わなかった。病いを癒《いや》してくれたのだからと、大目に見てくれるつもりらしかった。弥四郎はそこで図にのった。おなみは、いずれ久松町に帰る。おなみがいなくなれば、弥四郎はもとの一文なしの暮らしに戻る。それならば大目に見てもらっているうちにと、三百両もの金を騙《だま》し取ろうとしたのである。

生家から迎えがきたが、父が叔父に貸してやった金が返ってこず、問屋の株を手放さねばならぬところまできている。三百両、都合してもらえないだろうか。

そう言えばおなみは懸命に金を集めてくれる、自分はその金を持ってどこかの旗本領へ逃げ込もうとたくらんだのだが、おなみが渡してくれたのは五十両ずつの二度だけで、三度めを待っている間に、森口晃之助が米沢町の家へきた。塗物問屋が訴えたのだった。

番屋へ引っ立てられて、塗物問屋と多少かかわりがあったらしい辰吉が顔を出して、自分にあずけてくれと晃之助に頼んでくれて、弥四郎は下っ引になった。その時が二

十一、それからでも足かけ四年が過ぎている。おみののことを忘れていたわけではない。忘れてしまいたかったのだが、折にふれて、駆落してくれと泣きくずれた姿が脳《のう》裡《り》をよぎっていった。
「確か、益田屋《ますだや》といったっけ」

おみのが嫁いで行った海産物問屋は、まだ舅夫婦が健在の筈だった。おみのとその亭主との間に子供が生れたという噂は聞いていない。おみのもきっと、おなみのように養子を迎えることになるのだろう。

「相談ってのは、そのことかもしれねえな」

おなみのように、居所がなくなってしまうと可哀《かわい》そうだが、弥五の出る幕ではなかった。また、出たところでどうにもなりはしなかった。

「約束なんざ、反古《ほご》にしちまうか」

なまじ、会ったりしない方がよいかもしれない。

「が、話くらいは聞いてやってもさ、いいんじゃねえかな」

名無しの橋からの答えはない。橋の下を流れる黒く濁った川の水がたてている小さな音を、弥五と一緒にいつまでも聞いているようだった。

梅雨の走りだろう。江戸の町をくるむようにひろがった雲から、細くてねばつくような雨が降ってきた。弥五は、汗がにじんだくらいに濡《ぬ》れた額を手でこすった。おみのは女中のおたまに、「八つ頃なら出かけられるね?」と尋ねていた。八つの鐘の音を聞いてから、もう小半刻は過ぎているだろう。が、弥五はまだ、沼田屋の前にいる。昼時を過ぎた沼田屋は客の出入りもなく、女中が帳場であくびをしているさまが、目に見えるようだった。

早くお戻りなさいましと女中にせかされて、小半刻も待っちゃいられめえ。帰《けえ》っちまったかもしれねえな。

待たせようとしたのではなかった。沼田屋の暖簾《のれん》を見てはためらい、会わぬ方がいいと踵《きびす》を返しては、頼りない男でも愚痴くらいは聞いてやれると引き返して、この時刻になってしまったのだった。

帰《けえ》っちまったなら帰《けえ》っちまったでいいじゃねえか。

ちがう――。

俺は、おみのに会いたかった。会って、愚痴でも何でも聞いてやりたかった。これっきり会えなくなったら、どうするんだ。

弥五は、沼田屋の暖簾の中に飛び込んだ。帳場から顔を出した女中が、のんびりとした口調で、「お一人様でございますか」と言った。

「人を待たせているんだが」

たった今お帰りになりましたと言われるのを覚悟したが、おみのは待っていてくれた。それも、沼田屋の女将《おかみ》と菓子を食べながら。弥五がこないなどとは、微塵《みじん》も思っていなかったようだった。

「いそがしかったのでしょう？　ごめんなさい」

と、部屋へ入って行った弥五に、おみのは言った。

「お腹《なか》、空《す》いてなさるでしょ。蒲焼《かばやき》をそう言っておきましたけど」

女将とおたまがごく自然に立ち上がり、階下へ降りて行った。いれかわりに沼田屋の女中が、茶と茶菓子と、酒と香《こう》の物をはこんできた。当分誰もこないので、好きな方を食べてくれということらしかった。

「何から話せばいいのかしら」

と、おみのが呟《つぶや》いた。

「話したいことがあり過ぎて、困っちまう」

弥五は、苦笑して湯呑《ゆの》み茶碗《ぢゃわん》に手をのばした。沼田屋の近くまできては踵を返していたので、のどがかわいていた。

「お恥ずかしい話なのだけど」

たちまち茶碗を空にしたのを見て、おみのは、自分のそれを弥五の前に置いた。弥五も遠慮をせずに、二杯目を飲み干した。

「益田屋が脅されているの」

「何だって?」

「そんなにこわい顔をしなさらないで下さいな。益田屋忠右衛門《ちゅうえもん》――というのが舅の名前ですけれど、忠右衛門は昔、借りたお金を返さないで、人にご迷惑をかけたことがあるらしいんです」

「そんなことを誰から聞いた。まさか、舅がべらべら喋《しゃべ》りゃしねえだろう」

「そりゃそうですよ。大根河岸の吉次親分がそっとわたしを呼び出して、教えてくれました」

おみのに言う言葉が思いつかなかった。弥五は、黙っておみのを見た。おみのは目を伏せて、しばらくの間、口を閉じていた。

突然、雨の音が聞えた。小糠雨《こぬかあめ》が大粒の雨にかわったのかもしれなかった。

「そうなの。お察しの通り、弥四郎さんが下っ引をしていることも、吉次親分から教えてもらいました」

弥五は横を向いた。吉次は、弥五が下っ引となった一部始終を、薄笑いを浮かべながら話して行ったにちがいなかった。

「話が横道にそれるけど、わたし、吉次親分に、弥四郎さんのお住まいをお尋ねしたの。弥四郎さん、ずいぶんと苦労なすったんでしょう？　そんな弥四郎さんを、小桜屋の番頭さんの前へお連れしたかったの。ええ、今の弥四郎さんなら小桜屋さんをたてなおすこともできるって、そう言ってやりたかったんです」

「たてなおす？」

「そう――」

「ばかばかしい」

小桜屋の屋台骨が、いつ頃からどれくらい傾き出したのか知らないが、弥五にたてなおせるわけがない。薄笑いを浮かべた吉次が、「お前さんは弥四郎に会いたくても、弥四郎は会いたくねえと言うよ」と、居所をおみのに教えなかったのも当然だった。

「なぜ、ばかばかしいなんて言いなさるの。小桜屋さんは、表向き威勢のよいことを言ってなさるそうだけど、蔵の中は売れ残った商売物でいっぱいだって噂《うわさ》なんですよ」

「弥四郎は下っ引をやっていると、吉次親分から教わったんだろうが。小桜屋のことは、俺にゃ何のかかわりもねえ」

「いえ、番頭さんだって、内心では、弥四郎さんが戻ってきなさるのを待ってなさるにちがいないんです」

「それより、お前《めえ》んとこはどうなんだ。誰かから、強請《ゆす》られてるんじゃなかったのかえ」

おみのは、小さくうなずいた。吉次の話によれば、忠右衛門が借金の返済を拒んだために、夜逃げをしなければならなかった者がいるらしい。金はすぐに工面《くめん》できる、四、五日の間だけ貸してくれと忠右衛門に言われ、長年のつきあいもあって、証文もとらずに金を渡してしまったのだそうだ。「ま、貸す方も貸す方だがな」と言って、吉次は声を出さずに笑ったという。

金を貸したのは、千三郎《せんざぶろう》という男だった。その千三郎が一年前に他界した。房州で漁師の手伝いなどをして暮らしていたが、病いを得てからは、漁師と漁師の女房の情けにすがるほかはなくなっていたようだ。息をひきとる間際《まぎわ》、千三郎は江戸の方角を睨《にら》み、「益田屋だけは許せない」と言ったとか。

「吉次親分のつくり話じゃねえのかえ」

「それならいいのだけれど。近頃、房州の万蔵とかいうお人がみえなさるの。遊び人のようなお人——」

千三郎の悲惨な最期《さいご》を人づてに聞いたか、或《あ》いは、千三郎から忠右衛門への恨みを聞かされたのか、房州をくいつめて上州やら野州やらへ向う途中、江戸で益田屋を強請ろうと思いついたなどはありそうなことだった。

「万蔵は、瓦版屋《かわらばんや》さんに泊まっているんですって」

あれほど評判の高かった小桜屋の組物《くみもの》が売れなくなったのは、新しい主人と番頭がしめし合わせ、頼りない跡取りを騙して問屋の株を買い取ったという噂がひろまってからだった。

評判というものは恐しい。おみのが恐れているのも、世間の評判だった。忠右衛門の行為は、どう考えても騙《かた》りである。四、五日で返すという忠右衛門の言葉を信じた千三郎も人が好過《よす》ぎるが、大金をまるで返さなかった忠右衛門はどれほど非難されても仕方がない。瓦版屋が義憤にかられ、海産物問屋の益田屋は恩人を裏切った、恩人は房州で人の情けにすがって暮らしていたなどと書きたてれば、益田屋からは間違いなく客が離れてゆくだろう。

「吉次親分は、万蔵をつかまえてやろうかと言ってくれなすったのだけど」

「やめろ」

と、弥五は叫んだ。

「吉次親分なんぞに頼んだ日にゃ、お前《めえ》の養子の代になっても小遣いをむしりとられる。万蔵の強請りより、始末に負えねえ」

「でも、万蔵が寄越せと言っているお金も、とりあえず五百両とか、途方もないものなの。とても益田屋には払いきれないし、かといって瓦版に書かれでもしたら……」

「俺が何とかする」

と、弥五は言った。

「で、用事はそれだけか」

おみのは、かぶりを振った。

「思い違いをなさらないでおくんなさいな。わたしが益田屋のことを心配するのは、わたしがまだ益田屋の後家だからなの。舅《しゅうと》夫婦と反《そ》りが合わなくって、ずいぶん泣かされたけど、こんな時に何の心配もしないほど、わたしはわるい嫁じゃないんです」

弥五は口を閉じた。おみのは、弥五が言ってもらいたいと頭のどこかで思っているのだが、もしおみのがそう言って弥五の顔をのぞき込めば返事のしようがないことを、言おうとしているのかもしれなかった。

「鎌倉に、東慶寺《とうけいじ》っていう縁切《えんき》り寺《でら》があるんですってね」

知らねえ。

そう言うほかはなかった。

「益田屋が無事とわかったら、わたしは家を出ます。鎌倉の、そのお寺へ行くの」

そこで言葉を切ってから、おみのは、弥五がなかば恐れ、なかば望んでいることを言った。

「弥四郎さん、一緒にきて」

「ばかなことを言うねえ」

思った以上に声は震え、かすれていた。

「俺ぁ、下っ引だぜ。普段は古傘買いをしている、つまらねえ男だ」

「下っ引は女房をめとってはいけないの？　古傘買いに女房持ちはいないの？」

女の理屈だと思った。

弥五にも、「騙り野郎の家なんざ、今すぐ出てしまえ」くらいのことは言える。が、そのあとは、「そんな家は早く飛び出して、お父《とっ》つぁんにいい男を見つけてもらいな」としか言えはしない。小桜屋の株を買い取られ、下っ引という人に言えない仕事をしている男は、鎌倉までついて行ってやる、寺で過ごさねばならない一年を相州で待っていてやるなど、口が裂けても言えないのだ。

「実家《さと》へ帰れって言いなさるんでしょう。でも、兄さんには、おかみさんがいます。子供だって二人いるんですよ」

「いたっていいじゃねえか」

「わたしに出戻りになれって言いなさるの？　一生、肩身のせまい思いをしながら暮らせって言いなさるの？」

「そんなこと、言やあしねえよ」

「だったら、どうしてわたしを一人で鎌倉へやるの？」

「縁切り寺だなんて、とんでもねえ話だと思ってさ」

「舅夫婦とわたしの反りが合わないことは、みんな知っています。だから、亭主が死んだ時、うちのお父つぁんも兄さんも、みのを帰してやってくれと頼んでくれました。それでも、帰してもらえなかった。わたしは、舅夫婦と縁を切らなければ、実家《さと》へ帰ることもできないんです。縁を切りたい人がいるのなら、東慶寺も、後家はだめとは言わないでしょう」

弥五は口を閉じた。おみのは弥五が何か言ってくれるのを待っているようだったが、弥五は、何を言っていいのかわからなかった。雨の音が聞えた。

「薄情ね」

と、耐えきれなくなったように、おみのが言った。

「今の今まで、吉次親分のことも万蔵のことも、東慶寺のことも、わたしはみんな胸のうちにおさめていたんですよ。話せば、お父つぁんやおっ母《か》さんに心配をかけると思って。相談をするのなら、弥四郎さんのほかにいないと思ってた」

「下っ引だからか」

「そう」

「下っ引に、万蔵をつかまえるような力はねえよ」

「ずいぶん探しました。吉次親分の下で働いていなさるのなら、きっと大根河岸の近くに住んでいなさると思って」

「冗談じゃねえ。俺あ、吉次親分なんぞの手下じゃねえ。て……」

天王橋の辰吉親分と言いかけて、弥五は、急いでその名前を飲み込んだ。

「弥四郎さんなら、八丁堀の旦那《だんな》を知ってなさるでしょう？　その旦那に万蔵のことを話して、舅の旧悪が表に出ないようにしてもらえませんか。そうしたらもう、益田屋なんぞに義理はない。わたしは、すぐに鎌倉へ行って、益田屋の若後家ではない女になってきます」

おみのの手が、膝《ひざ》の前にあった菓子鉢を隅に寄せた。気がつくと、弥四郎の手も湯呑み茶碗を押しのけようとしていた。

「それでも、だめ？　益田屋の嫁になった女が今更何を言うのかと思ってなさる？」

「思っていりゃ、ここへきやしねえ」

「わたしは古傘買いの女房になりたいの」

おみのを抱き寄せようとした手を、わずかに残っていた気持がとめた。が、おみのの方が、少しずつにじり寄ってきた。

「古傘買いの女房になるためなら、お寺でどんな修行をするようになっても辛抱します」

「おみの――」

だが、弥五は立ち上がった。これ以上おみのと向い合っていては、何をするかわからなかった。


五つくらいの時だっただろうか。物干場《ものほしば》のてすりから布団《ふとん》をひきずりおろし、その上をおみのと這《は》いまわったことを思い出した。女中に叱《しか》られて、『芋虫ごっこ』は終りになったが、布団は日向《ひなた》のにおいがして、おみのは桜の花のようなにおいがした。が、七つくらいから弥四郎の方がてれくさくなり、おみのが源七に連れられてきても、蔵へ隠れてしまったものだった。

「また、隠れようとしているのかな、俺は」

弥五は、沼田屋から借りてきた傘をまわした。返してくれなくてもよいと言って女将《おかみ》が出してくれた傘は、細長い破れがあって、そこから雨が吹き込んできた。その雨が背中を濡《ぬ》らしていたが、今は顔に降りかかる。かわりに、一面の雲と時折光る雨が見えた。

益田屋の一件は、森口慶次郎に頼むことにした。慶次郎ならば、おみのが望んでいるように事を片付けてくれるだろう。おみのが鎌倉へ行かなくてもすむようにもしてくれるだろうし、下っ引の出る幕はない。

弥五は、もう一度、傘をまわした。破れはやはり顔の上にきて、雨が光りながら落ちてきた。

おみのに会うことはもうないだろう。会いたくないわけはない。今すぐ引き返して益田屋へ行って、おみのを連れて鎌倉へでも小田原へでも行きたかった。が、弥五は、いや、弥四郎は、おみのを古傘買いの女房にしたくない。

脳裡《のうり》を、鳥越川の名無しの橋が通り過ぎて行った。

賢吾

寒さを感じて目が覚めた。

鐘が鳴っていた。六《む》つを知らせる鐘だったが、明《あけ》六つか暮六つかわからない。第一、どこで眠っていたのかわからなかった。

島中賢吾《しまなかけんご》は、あわてて半身を起こした。砕けて落ちるのではないかと思うほど頭が痛んだ。

思わず両手で頭を押え、目をつむって、そっと手を下へおろして軀《からだ》に触れてみる。案《あん》の定《じょう》、着のみ着のままで寝床の中にいた。

上役の屋敷で酔いつぶれてしまったのではないかと思ったが、子供の声が聞えた。

男の子の声が「姉上」と呼びかけて、女の子の声が、「静かに」と言っている。息子の数馬《かずま》と、娘の瑠璃《るり》だった。自分の屋敷へは無事、辿《たど》り着いていたらしい。

苦笑いをして、寝乱れている着物の胸もとと裾《すそ》を合わせ、立ち上がろうとしたが、激しい頭痛に目がくらみそうになった。賢吾はふたたび頭を押えて蹲《うずくま》った。

町奉行所は、十二月二十五日で御用納めとなる。この日は大祝いといって無礼講《ぶれいこう》の酒盛りがあり、間をおかずに翌日から大晦日《おおみそか》まで、年忘れと称する酒宴がつづく。それも、昼も夜もない酒宴だった。若い同心《どうしん》達は、口に出しては言わぬものの「つきあいきれぬ」と顔に書いて、大祝いの席からさっさと引き上げて行く。年忘れにも、ほとんど出てこなかった。二十年くらい前の賢吾もそうだった。

今でも、内心では「つきあいきれぬ」と思っているのだが、好んで酒宴を催すのは、町奉行所内の重役と言ってもよい年寄り達なのである。金銭の出し入れから同心の任免まで、万事に奉行を補佐する年番役与力《よりき》であるとか、老練な吟味《ぎんみ》与力であるとか、日頃は口やかましかったり、一目置かれていたりするような人達が、足腰もたたぬほど飲むような大騒ぎをしたがるのだ。

大騒ぎは、人がいればいるほどよい。若い同心達が「つきあいきれぬ」と逃げてしまえば、町奉行所の重役達は不機嫌になる。年嵩《としかさ》の賢吾達が居残るほかはなくなるのだが、若い同心達は、賢吾達が喜んで酒宴につきあっていると思っているらしい。たまには交替してくれと言っても、「気を遣って下さって有難うございます」という答えが返ってくる。若い者が遠慮をして酒宴にくわわらぬのだと賢吾が誤解して、交替という言葉を使って誘ってくれたのだと、若い同心達は誤解するのである。

それにしても、あと何年このばか騒ぎをつづけねばならぬのか。

昨年の大晦日、賢吾に大盃を持たせ、俺の酒が飲めぬのかと無理強いをした年番役与力も、大祝いの日に酔いつぶれて二人の下役同心にかかえられて帰って行った吟味もできなければ、賢吾の記憶に間違いがなければ、若い頃は御用納めから御用始めまで延々とつづく酒宴を嫌っていた筈《はず》なのである。それが今では、酒宴がなければ年を越すこともできなければ、新しい年を迎えることもできないようなことを言っている。言い換えれば、この二人が隠居をしても、誰かが「今日の大祝いは無礼講だ」と叫ぶようになるにちがいないのである。

そういえば去年の元日も、頭の痛みをこらえて着替えをしたのではなかったか。去年だけではない、一昨年も、その前の年もそうだった。

娘の瑠璃に着替えを手伝ってもらったのは、いつのことだっただろう。賢吾も面白半分に手伝わせたのだが、妻の宇乃《うの》のようには帯が結べず、また宿酔《ふつかよ》いの賢吾は立っている足許《あしもと》があやうくて、瑠璃が力をこめて結ぼうとするたびに軀が揺れ、頭に激痛が走ったものだ。

あの時の瑠璃は幾つだったのだろうと、ふと思った。さまざまな記憶が入り混じってくるが、瑠璃に帯をしめてもらい、外へ出たところで隣りの森口晃之助《もりぐちこうのすけ》と皐月《さつき》に会ったことは間違いない。

そうだ、思い出したと、賢吾は一人でうなずいた。皐月は身重《みおも》だった。その年に八千代が生れたのだ。ということは一昨年のことで、瑠璃は、明けて十一になったのだ。頭が痛いと言って顔をしかめた賢吾を見、遠慮なく笑った顔がずいぶん幼かったような気がするが、十一になっていたのならば、「帯をしめて差し上げます」などという生意気な口もきくわけであった。

すると、今年は十三か。

息子の数馬も十歳になる。妻の宇乃は三十四、賢吾は四十一になった。

「四十一?」

いつのまに不惑《ふわく》を越えたのだろうと思った。自分はもっと若い男であるような気がするが、どう勘定をしても四十一になる。

「俺が四十一か」

賢吾は、二度ほど大きく息を吐《つ》いて立ち上がった。頭が揺れぬように歩いて、障子を開ける。

「母上様、父上様がお目覚めになりました」

瑠璃の声にも、もう子供とはいえないような落着きがあった。

島中家では、元日の早朝、妻や子供は言うまでもなく、女中も飯炊きの男も晴着を着て井戸端に集まることになっている。いつの頃からのしきたりか、父や祖父に聞いても知らぬという答えが返ってきたが、それほど古くから伝わっているのだろう。家中の者が集まったところで、当主が恵方《えほう》に向って若水《わかみず》を汲《く》み、輪飾りをかけた新しい桶《おけ》へ入れるのである。若水はまず、先祖の霊にそなえ、それから雑煮や福茶に使う。屠蘇《とそ》を家中の者で祝うのも、島中家のならわしだった。島中家の先祖は北条氏康《ほうじょううじやす》に仕えていたといい、その子孫がどういう経緯をへて徳川幕府の町奉行所というしくみの中に入ったのか、これもわからないが、北条家の家臣時代に、当主が下働きの者から郎党へ、郎党から家族へと屠蘇をついでまわったという話は聞いたことがある。以来、先祖達は、なぜと首をかしげることもなく、そのならわしを伝えてきたにちがいなかった。

今年もまず、賢吾は飯炊きと女中の前へ膝《ひざ》をすすめた。晴着の二人は、竈《かまど》の前に蹲っている時や、たすきがけで縁側に雑巾《ぞうきん》をかけている時とは見違えるようだった。

それにもまして驚かされたのは、数馬と瑠璃だった。羽織袴《はおりはかま》の数馬は、賢吾に似て背が高いせいか十五歳と言っても通りそうで、十三歳らしく、びらびら簪《かんざし》をさしている瑠璃は、それが陽《ひ》に当って光るように、わざと大きく顔を動かしていたが、そんな時にふっと娘らしい香りが漂ってくるのである。それにひきかえ、盃《さかずき》を差し出した宇乃の手は、十八で嫁いできてからの苦労や疲れがにじみ出てきたように、小さなしみが浮かんでいた。「すまぬな」と口の中で言ったが、やはり宇乃には聞えなかったようだった。

雑煮を祝ったあとは、年始という仕事がある。昨夜したたかに飲まされた年番役与力や吟味与力の屋敷はともかく、まもなく隠密《おんみつ》廻りに移るらしい筆頭同心の屋敷へは、顔を出さねばならないだろう。

出かける用意をしていると、賑《にぎ》やかな声が聞えてきた。深川の岡場所《おかばしよ》から、幇間《ほうかん》や女芸者達が手伝いにきたのだった。

町奉行所の御用始めは正月の十七日で、その間、賢吾の屋敷へさまざまな人達が挨《あい》拶《さつ》にくる。ことに定町廻り《じようまちまわ》同心とは親しくなっておいて損はないと思うのか、諸藩江戸屋敷の留守居役《るすいやく》や商家の主人達が、供の者に高価な年賀の品を持たせてくるのである。

宇乃と女中で応対しきれる人数ではない。吟味与力の屋敷へは、さらに大勢の年始客が押し寄せるといい、いつの頃からか、深川の岡場所から手伝いと称する人達が駆けつけてくれるようになった。幇間が玄関番を、芸者が女中の役目をつとめてくれるのである。おそらく、深川が繁昌《はんじょう》するようになってからのことだろう。吉原とちがい、深川は公《おおやけ》に認められた遊び場ではなく、手入れが行なわれることもある。手伝いの目的が目こぼしにあるのはあきらかで、本来なら撥《は》ねつけなければいけないのだろうが、賢吾もまだ断ったことがない。

賢吾は、深川からの手伝いと入れかわりに屋敷を出た。南町の筆頭同心は、庄野玄《しょうのげん》庵《あん》が土地を借りている屋敷の隣りに住んでいる。帰りに玄庵にも挨拶をして行こうと思っていたのだが、吟味与力の屋敷へ向うらしい諸藩留守居役や商家の主人達の姿を見ているうちに気が変わった。

御用始めの一月十七日まで、与力達は深川の手伝いを屋敷において飲みつづける。押込や人殺しがその日まで休んでくれるわけはなく、さすがに廻り方の同心はそこまで飲みつづけることはないが、元日は与力達と変わるところがない。賢吾は去年と同じように、玄関番の幇間に騒々しく迎えられ、芸者に手をとられて座敷に案内される筈だった。先客がいれば、その客が帰るまで芸者が相手をしてくれるのである。

もう結構だな、こんな正月は。

去年の正月もそう思ったが、あと五年もすれば隠居できるのだからと、自分で自分を宥《なだ》めて年始に行った。

年始だけではない。元日の早朝、寒さに震えながら井戸端に集まるしきたりも、自分が当主になった時にはあらためてやると思っていた。が、もししきたりをあらためて、その年が大凶となった時を思った。偶然にわるいことが重なったのだとしても、長年つづいたしきたりを無視したからだと家中が思うだろうし、何よりも自分が後悔するにちがいなかった。おそらく父も祖父も、正月が近づいてくると、古いしきたりはあらためようと決心し、決心はするものの大晦日になると大凶という文字が頭をかすめて、結局、何もあらためずに終ったのだろう。

三味線の音が聞えていた。「おめでとうございます。只今《ただいま》、福禄寿《ふくろくじゅ》のご入来《じゅらい》」と、往来の者にまで聞かせるような幇間の大声も聞えてきた。賢吾は踵《きびす》を返した。胃の腑《ふ》におさまった筈の雑煮がのどもとまで戻ってくるような気がして、賢吾は踵を返した。年賀の品が入っているらしい風呂敷包をさげ、向う側から足早に歩いてきた同役が怪訝《けげん》そうな顔をしたが、忘れものを取りに行くようなふりをした。

せっかく踵を返したのだ、このままどこかへ行ってみようじゃねえか。

そう思ったが、本材木町《ほんざいもくちょう》へ向けた足が途中でとまった。

おとなびて見えたが、数馬は明けて十歳になったばかりだった。同役の子はほとんどが見習い同心となっているのだが、賢吾は子供に恵まれたのが遅く、数馬がそうなるには少くともあと二、三年はかかる。定町廻り同心は一代抱《いちだいかか》えというものの、通常は息子が見習い同心となり、それから新規お抱えとなって親のあとを継ぎ、世襲と変わるところはないのだが、市中見廻りに耐えられぬほど病弱であるとか、剣術や十手《じって》の使い方がまるで上達しないとかで、お抱えとなれなかった例もあるらしい。

俺が挨拶に行かなかったばかりに……まさか。

まさかとは思うが、見習い同心となった時につめたくあしらわれるとか、早く一人前になってもらいたい親心からだと親切ごかしに、山のような仕事をあてがわれるなどは、ありそうなことだ。その頃の賢吾は四十三、四、今のままで行けば、隠密廻りにすすんでいるだろうが、年始欠礼の影響次第では、早々に隠居せざるをえなくなるかもしれない。

だから、いやだってんだ。

が、それが、今日まで延々とつづいている八丁堀《はっちょうぼり》の正月なのである。

しょうがねえ。年始に行くか。

それとも、思いきって逆らってみるか。

「俺も、四十一だぜ」

逆らわぬ方が無事だとわかってはいるが、ここで後戻りをしたならば、これからも惑いつづけて、最後には後戻りする方を選ぶだろう。年始を四、五日遅らせるだけの、ごくごく小さな反逆ではあるけれども、やってみる価値はある。幇間のうるさ過ぎる愛想と、芸者達の濃厚過ぎる愛嬌《あいきょう》の中へ戻って行きたくはない。

「よし」

と、賢吾は言った。

「それで、どこへ行く?」

根岸——と自分で自分に答えて、賢吾は愕然《がくぜん》とした。森口慶次郎《けいじろう》と佐七《さしち》がいる山口屋の寮のほかに、行ってみようと思うところが思い浮かばないのである。

慶次郎と佐七は、山口屋と皐月から届けられたにちがいないおせちを食べくらべ、勝手なことを言いながら酒を飲んでいるにちがいない。その仲間には、ぜひとも入りたい。どこへ行くという問いかけに、まず山口屋の寮が脳裡《のうり》に浮かんだのは、当然と言えば当然なのだが、そのほかに行ってもよいところ、歓迎してくれそうなところをかぞえてみると、宇乃の実家とか妹の嫁ぎ先とか、隣りの森口晃之助の屋敷とか玄庵の家とか、八丁堀の中にかぎられているのである。これは少し淋《さみ》しくないか。山口屋の寮にしても、寮番をつとめている森口慶次郎は、かつて賢吾に捕物のいろはを教えてくれた八丁堀の先輩なのだ。

ほかに、弓町《ゆみちょう》の太兵衛《たへえ》の家とか、倅《せがれ》の不始末を見逃してやってから往き来《いき》するようになった商家の主人とか、妙に気の合う自身番屋の書役《かきやく》とか、会って飲みかわしたいと思う人物もいないではない。が、それも市中見廻りにかかわりのある人物ばかりなのである。

冗談じゃねえ。足かけ二十七年間も市中を歩いているってえのに、俺は、八丁堀にかかわりのあるところにしか、気のおけねえ友達がいねえってのか。

本材木町の表通りにならぶ商家は皆、顔見知りと言っていい。賢吾を見かければ、どうぞお屠蘇をと声をかけてくれるだろうが、商家の主人達の顔を思い出しているうちに、それが皆お世辞のように思えてきた。

賢吾はすぐに本材木町へ出ず、堀端に細くつづく大名家の添地《そえち》沿《ぞ》いに歩いて、海賊橋を渡った。渡れば一丁目のはずれで、賢吾は、その必要もないのに、人目を避けるように小走りになった。

商家は店に自慢の屏風《びょうぶ》と大きな鏡餅《かがみもち》を飾り、主人から小僧までが居流れて、裃《かみしも》をつけた年賀の客に挨拶をしていた。初詣《はつもう》でから帰ってきたらしい人の笑い声や、獅子舞《ししまい》の太鼓と笛で、市中も八丁堀に負けず賑やかだった。

足許に、隅田川の波が打ち寄せていた。先刻、思いがけず賢吾の指先まで波が寄せてきて、足袋を濡《ぬ》らしていった。その爪先《つまさき》に、川を渡ってきたつめたい風が触れて行く。

根岸には行かなかった。八丁堀へ戻って晃之助や玄庵と飲もうとも思わず、弓町へ行って、太兵衛の一家団欒《だんらん》を邪魔してやろうとも思わなかった。足まかせに歩いて、雷門の前で立ちどまって、人に押されるまま浅草寺《せんそうじ》の境内《けいだい》に入り、幾枚かの銭《ぜに》を賽銭《さいせん》箱へ投げ込んで、観世音菩薩《かんぜおんぼさつ》に手を合わせてきた。

初詣ではひさしぶりで、ことに浅草寺へ詣《まい》ったのは、慶次郎についていた十七、八の頃以来だろう。その時は「一年を無事に」と祈った記憶があるが、先刻は「今年こそ」と願った。

つめたい爪先にまた、波が打ち寄せた。

今年こそ――か。

ここ数年、賢吾は、若水を汲む時にも「今年こそ」と胸のうちで呟《つぶや》いている。いまさら出世をしたいとは思わないが、定町廻り同心として、ただの「人のいい島中さん」

で終りたくはない。

「何といったって、島中の家は北条氏康側近の……」

ばかばかしい。北条氏康の時代から、いったい何年が過ぎているのだ。

そう思う一方で、自分まで伝えられた家の重さに、古いしきたり一つ変えられずにいるのである。

先祖は、北条氏康の側近で勇猛をうたわれていたという。その男は小田原城とともに果てたが、その孫か曽孫《ひまご》に当る島中某が、隠れていた相州の山の中から江戸へ出た。鍬《くわ》よりも刀をふるいたくなったのかもしれない。

どんなつてがあったのかは知らない。島中某は、神尾元勝《かんおもとかつ》の配下となった。元勝は阿茶局《あちゃのつぼね》の養子で、阿茶局は、徳川家康の側室である。二代将軍秀忠《ひでただ》の娘、のちの東福門院和子《とうふくもんいんかずこ》が入内《じゅだい》する時に、母がわりをつとめた女性でもあった。それはともかくとして、元勝は、寛永十五年から、あしかけ二十四年間も南町奉行の座についていた。万治《まんじ》四年（四月二十五日寛文と改元《かいげん》）三月にその職から離れるのだが、島中某は、その後も同心として町奉行所に残った。

若い頃、賢吾はこの島中某を恨んでいた。今でも、恨んでこそいないが嫌いである。

彼は嬉々《きき》として、町奉行所の同心になったような気がするのだ。

が、賢吾がほんとうに嫌いなのは、定町廻り同心という役職なのかもしれなかった。町奉行は尊敬される。町奉行という役職につきたい武士も大勢いる。町奉行は、任じられている間だけ奉行所の者となるが、奉行を支える者達——年番役や吟味方や番方の与力や同心達、御用部屋の手附《てつけ》や廻り方の同心などは、町奉行所に所属している。奉行所の、人間なのである。奉行所の人間は、三十俵二人扶持《ぶち》の同心であろうと、二百石の与力であろうと、同じ禄高《ろくだか》の武士より格下に見られる。島中某が鍬を捨て、町奉行所というしくみの中に入った時から、賢吾や賢吾の父や祖父が、裕福ではあるが格下の三十俵二人扶持の家の者として生きることがきまってしまったというわけだ。そう思うと、嬉々として十手を持ったらしい彼に、どうしても好感が持てなくなる。

氏康側近で、勇猛をうたわれた男の血をひく者がなぜ、山の中で鍬をふるう方を選ばなかったのか。わずかばかりのつてを頼り、どこでもよいから徳川幕府のしくみの中へ入れてくれなどと、なぜ願ったのか。

いいじゃあないか、定町廻りでも。

慶次郎は、不機嫌な賢吾を見ると、よくそう言って笑ったものだ。

ま、やっているうちに、わるくない仕事だと思えてくるよ。頼りにされてるってなあ、いいものだぜ。

誰に頼りにされているのだと、賢吾はなおさら不機嫌になった。諸藩の留守居役や商人達が季節ごとに挨拶にくるからといって、頼りにされていると思ったなら大間違いだ。諸藩留守居役は、町方の役人を手なずけておけば何かの役に立つと考えているだけだし、商人も、何かの折の目こぼしを願っているだけではないか。事が起これば おろおろと頼ってくるが、平穏無事である時にこちらから近づいて行けば、早くどこかへ消えてくれと言いたげな目を向けてくる。頼りにされているとは、嫌われているの間違いだろう。

しかも、出世の見込はない。それはどこも同じだと言うかもしれないが、大名も旗本も御家人も、有力者に取り入れば、出世の糸口くらいはつかむことができる。が、定町廻り同心は、よほどのことがなければ与力にさえ昇進できないのである。働き次第で御目見《おめみえ》以上になれる道もひらけているというが、賢吾は、与力が大御番組頭《おおごばんくみがしら》に取り立てられたという話など聞いたことがない。皆、先祖代々町奉行所の者と言ってい い。

定町廻り同心という役職から脱け出せないのならと、開きなおったのは二十三、四歳の頃だっただろうか。開きなおってみれば、慶次郎の言う通り、定町廻り同心の役職はそれほどわるいものではなかった。

附届《つけとどけ》は山ほどくる。大名家の江戸屋敷でも商家でも、表沙汰《おもてざた》にしたくないと思っていることに知らぬふりをしてやれば、金の包みが届けられる。許しがたい悪事でないかぎり、目をつむっていれば、物も金もひとりでにたまるのである。

適当に手柄を立てて、あとは知らぬふりをして、早く隠居をしようと思った。金に汚いという悪評のたっていた吟味与力は、築地《つきじ》に垢抜《あかぬ》けた家を建てて、隠居後も悠々と暮らしていた。定町廻り同心でも、それができぬことはない。多少の悪評は覚悟して金をため、向島《むこうじま》あたりに小さな家を建て、早めに隠居をして、春は花、夏は舟と、この世を存分に楽しんであの世へ行くなど結構な生涯ではないか。氏康側近の先祖なんざ糞《くそ》くらえってえくらいのものだろう。

祝言《しゅうげん》をあげたのは、二十五歳の時だった。妻となった宇乃は父と同役の娘、言い換えれば定町廻り同心の娘で、詳しい系図を見ると、森口慶次郎も、晃之助の妻の皐月も皆、縁つづきになる。御用部屋にいるのは、皆どこかでつながりがある者ばかりで、ここよりほかに行きどころがないと覚悟をきめてしまえば、図々《ずうずう》しく振舞えるところであった。賢吾は妻帯した当時、その御用部屋へ最後に入ってきて、最初に出て行くと言われていた。「遅い」と言われぬ程度の時刻に奉行所へ顔を出して、見廻りを終えたあとは、さっさと帰ってきたのである。

それですぐに子供が生れ、無事に育っていれば、今頃は宇乃と二人で向島で暮らしていたかもしれない。

宇乃は、二度流産をした。やっと生れてくれたのが瑠璃で、生れてからはこれといった病気もせずに育ってくれた。が、二番めに生れた加奈《かな》は、三年間この世にいただけだった。しかも、屋敷にいるよりも、玄庵の家の病間にいた方が多かったかもしれない。三つになっても歩けず、うまいものを食べさせてやれば吐き、高価な着物を着せてやると、窮屈なのかすぐに泣き出した。無論、春の花にも夏の舟にも縁がなかった。

何のために生れてきたのかと、今でも思う。自分の足で歩きまわる嬉《うれ》しさを知らず、甘さも辛《から》さもあじわえず、女の子らしく着飾ることもできずに逝《い》ってしまったのである。高熱に苦しみ、苦い薬を飲むためにだけ、生れてきたようなものだった。

父親の賢吾はめったに風邪もひかず、高熱にも、宿酔《ふつかよ》い以外の吐き気にも悩まされたことはない。それで充分である筈《はず》なのに、仕事はしくじらぬ程度にして金をため、花見だ舟遊びだと浮かれて暮らすことを考えていた。

それでは加奈が泣く。

野辺《のべ》の送りの日に、賢吾は人目もかまわずに涙をこぼした。涙をこぼして、それからは誰よりも早く御用部屋へ入るようになった。

出て行くのは、誰よりも遅い。市中見廻りを終えて奉行所へ戻ってくると、その日の出来事を克明に記しておくのである。一年ほどたって読み返すと、一つの出来事が次の出来事へつながってゆくのがよくわかった。

定町廻りもわるくはねえな。

と、賢吾は思った。それにもう一つ、耳にするたびに気障《きざ》だと思っていた慶次郎の言葉も、わるくはないと思うようになった。今は慶次郎の方が、気障なことを言っていたものだと恥ずかしがるが、「罪を犯した者を捕えるばかりが定町廻りの仕事ではない。罪を犯させぬようにするのも仕事のうちだ」という言葉は、いまだに見習い同心達を感心させている。一時、仏の慶次郎といえば、知らぬ人がなかったのも、不思議はないかもしれない。

今年こそ——か。

今年こそ、「人のよい島中さん」から脱け出したい。「南の島中」と言われたいのである。

三十を過ぎるまでは、南町に森口慶次郎がいた。南の定町廻りと言えば、誰もが仏の慶次郎の名をあげた。今は、慶次郎の養子である晃之助がいる。南の定町廻りと言われて、すぐに晃之助をあげる人はまだ少ないが、やがて養父のように、名を知られるようになる。八丁堀にかかわりのある人とのみ親しくて、年始を四、五日遅らせるのすらためらう賢吾は、ついに「南の島中」となれずに終るかもしれない。

隅田川の波が、また爪先を洗っていた。

「帰るか」

賢吾は、つめたさに感覚がなくなっている足の指を見つめながら言った。年始には背を向けてみたが、今年もまた、市中見廻りに出ているうちに師走《しわす》となり、御用納めの大祝いで飲んで、年忘れでまた飲んで、着のみ着のまま寝床へもぐり込むことになるだろう。

年始も四、五日遅れなどと言わず、今夜にでも顔を出すか。

いずれ、夜を徹しての酒宴となっている筈だった。町奉行所など息が詰まりそうだと逃げ出さぬかぎり、数馬も定町廻りとなる。数馬のため、賢吾は筆頭同心の機嫌をとっておいた方がよいにちがいなかった。

「帰るぞ」

声に出して言って、凍りついたとしか思えない足をむりやり動かしてうしろを向くと、人がいた。四十がらみの、紋付の羽織に袴《はかま》という姿の男だった。商家、それも大《おお》店《だな》の番頭かもしれなかった。

元日である。商家は年始まわりと年始の客を迎えるのにいそがしい筈で、疲れたにせよ、番頭が人けのない河原へ降りてくるような暇のあるわけがない。賢吾は無遠慮に男を見つめたが、男の方も、誰もいないと思っていた河原に人がいたので驚いたらしい。しかも、賢吾の髷《まげ》は八丁堀風といわれるもので、一目で町方とわかる。男は賢吾に負けず、無遠慮に見つめていたが、ていねいに頭を下げて先に口を開いた。

「何か、大変なことでも起こりましたのでしょうか」

「いいや」

賢吾は苦笑いをして答えた。

「四海《しかい》波立たず、何事も起こっちゃいねえ」

「それでは、まさか……」

何を言うつもりだったのか、男はそこで口をつぐんだ。しばらく待っていたが、そのあとを言う気配はない。川の音と雀《すずめ》の鳴く声と、遠い獅子舞《ししまい》の太鼓の音だけになったのが、妙に静まりかえったように思えて、賢吾は「年始まわりがいやになった変わり者が、川を眺めていただけだよ」と言った。

「さようでございますか」

男は探るような目で賢吾を見た。賢吾は肩をすくめた。

「お前さんだって、年始まわりから逃げ出してきたのだろうが」

「ま、そんなところでございますが」

「俺は、もう帰る。浮世の騒々しさとは無縁なのはいいが、ここは寒過ぎるよ」

賢吾は、膝《ひざ》のあたりまで凍ってきたような足を、こぶしで叩《たた》いた。自分でもぎこちないと思う歩き方で、堤へ向った。男は、あらぬ方を見て、頭を下げた。

他人のもののような足で、急な堤をのぼりはじめた。転げ落ちそうで、賢吾は堤の枯草につかまった。

「あの、少しお待ちいただけませんか」

ためらいがちな声が呼び止めた。賢吾は、枯草で軀《からだ》を支えてふりかえった。

「あの、こんなところで八丁堀のお方と出会ってしまいますのも、すべてを打ち明けて罪滅ぼしをした方がいいという卦《け》が出たのではないかと存じますのですが」

「やめてくんな。元日早々、店の金を遣い込みましたなんてえ話は、あまり、ぞっとしねえな」

店へ戻れぬ事情があるのだろうとは思ったが、遣い込みは、なかば冗談だった。が、男は力が抜けたように首を垂れた。

「賽の目《さいめ》の通りでございました。丁《ちょう》が出たならば自訴、半《はん》の目が出たならば逃げるときめて、先程、厠《かわや》の中で賽子《さいころ》を投げてみたのでございます。丁の目が出たのでございますが、自訴をするのがこわくなって、もう一度投げてみました。やはり、丁の目でございました。それでも、自訴の覚悟ができずに、もう一度賽子を投げてみるつもりで、ここへ参りましたのですが」

「お前さん、どこの番頭だえ」

賢吾は河原へ降りた。自身番屋の火鉢が、ふっと脳裡《のうり》をよぎった。

「恐れ入りましてございます。池之端仲町《いけのはたなかちょう》の袋物問屋、山西《やまにし》の二番番頭の又十郎でございます」

「山西の番頭の口から、賽子だの丁の目だのという言葉が出てくるとは、俺も恐れ入ったよ。博奕《ばくち》で借金をつくって、店の金に手をつけたのかえ」

「お恥ずかしい話でございますが」

「山西ほどの店の番頭がねえ」

市中見廻りで、賢吾が池之端へ足をのばすことはない。が、太兵衛の倅《せがれ》が同じ池之端の袋物問屋に奉公していることもあり、山西の名は知っていた。誂《あつら》えの財布や煙草《たばこ》入れなどで名を売った店で、留金の細工が好事家《こうずか》達を喜ばせている店だった。吟味与力の一人が山西の煙草入れを持っていて、見せてもらったことがあるが、米俵に寄りかかって一服している大黒《だいこく》を彫り、彩色した留金がついていた。

波が足許《あしもと》にまで打ち寄せてきた。賢吾は、ぎごちない足を動かして堤を少しのぼり、枯草の上に腰をおろした。又十郎も黙ってあとについてくる。隣りに腰をおろしたのを見ると、足袋の爪先《つまさき》が濡《ぬ》れていた。今の波に洗われたのだろう。

「四十不惑《しじゆうふわく》とは、嘘《うそ》でございますね」

濡れた足袋を手拭《てぬぐ》いで押えながら、又十郎が言う。

「私は、四十になってから惑いました。博奕に手を出してしまったのでございます」

「面白かったかえ」

又十郎は首をかしげた。賢吾も懐《ふところ》から手拭いを出して、爪先をくるんだ。懐にあった暖かさが、感触のなくなっている指にもかすかに伝わってきた。

「面白くなかったと言えば、嘘になるのでございましょうね。が、私の出入りしておりましたのは、料亭の離座敷《はなれ》で開かれる賭場《とば》で、胴元がお旗本であるとかないとか、目つきの鋭い遊び人風の男が茣蓙《ござ》のまわりにはおりましたけれど、お客はお武家様と大店《おおだな》の主人や後家《ごけ》、それに高名な絵師や戯作者《げさくしや》といったお人ばかりでございました。

そういう方々の中に交じっての賭《か》け事が、面白かったのだと思います」

山西の贔屓客《ひいき》にも、大身旗本がいて札差《ふださし》がいて、絵師や戯作者がいて、遊び人もいるのだがと言って、又十郎は笑った。

「その賭場へ出入りするようになりましたのも、呉服問屋の主人から誘われたからなのでございますが。正直に申しまして、はじめはこれもお客様とのつきあいと思って出かけたのでございます。それが、幾度か顔を出しておりますうちに、これまでとりつきにくかった蔵前の札差も、主人や大番頭がお屋敷へお伺いするようなご大身のお旗本も、仲間のように思えてきたのでございます。それが、何とも嬉しゅうございました」

嬉しかっただろうと、賢吾も思う。型通りの年始に嫌気がさして、気分よく飲みたいと思えば、博奕という違法な遊びで知り合ったとはいえ、あちこちに仲間がいるのだ。が、又十郎は、苦笑してかぶりを振った。

「博奕の仲間は、博奕だけの仲間でございました。そんな当り前のことが、不惑を二つ過ぎて、やっとわかりました」

又十郎は、十一歳で山西の小僧になった。留金はあの男にかぎると言われた細工師の子だったが、親に似ず手先が不器用で、又十郎を可愛《かわい》がっていた山西の主人がひきとるようなかたちで奉公することになったという。

不器用に生んでおきながら、その不器用を叱《しか》り飛ばす父親と、なぜ細工場に坐《すわ》っていなければならないのかと暗い気持になっていた又十郎にとって、山西の主人は救いの神だった。何かといえばげんこつが飛んできた細工場にくらべ、山西の店は極楽だった。算盤《そろばん》は指南所の師匠が驚くほど達者だったし、読み書きも、同年の子供以上にはできた。何年かのちには帳場格子《ちょうばごうし》の中に坐って、好きな算盤をはじいていられるのだと思えば、店先の掃除も使い走りも苦にならなかった。

見込んだ通りと山西の主人は喜んで、親類筋ではないものの、十九で手代《てだい》に、三十六で番頭に引き上げてくれて、遠縁の娘を女房にしてくれた。縹緻《きりよう》よしではないが、おとなしくて働き者で、又十郎との間に男の子を二人生んだ。男の子は今年、四歳と三歳になった。今は隠居しているかつての山西の主人は、当主の娘聟《むすめむこ》が生れたなどと言って喜んでいる。順風満帆で、文句のつけどころのない人生だった。四十歳までは。

「先程も申し上げましたが、賭場に出入りするようになったのは、呉服問屋の主人に誘われたからでございました。山西の大事なお客様が、ぜひ一緒にとおっしゃるのでございます。手前どもの主人にも相談いたしまして、出かけることにいたしました。

そこで、これもまた先程申し上げましたが、蔵前の旦那《だんな》や絵師や戯作者の方々とお知り合いになれたのでございます」

料亭で開かれる賭場である。早めに集まって、料理を食べながら談笑することもあれば、賽の目を読む前の余興にと、絵師が描く山水や雪月花に、戯作者をはじめ札差や旗本が即興の詩をつけることもあった。

職人の子に生れた又十郎にとっては、算盤も文字を書くのも大仰《おおぎょう》に言えば趣味のうちで、算盤と帳面が道具の商売は、好きな道で収入を得ているようなものだった。義太夫《ぎだゆう》を習うとか、狂歌をつくるとか、それが世間で言う好きな道であると知らないではなかったが、色紙を出されれば絵を描き、短冊《たんざく》があれば即座に歌や句を書く人達を見て、又十郎ははじめて『好きな道』の意味を知ったような気がした。

「それは逆だろう」

「その通りでございます。私は、何も知らぬ頃の私が信じていた通り、好きな算盤で暮らしていられる恵まれた男だったのでございます」

又十郎は、苦笑いをして薄く開いた唇から、深い息を吐いた。

「四十とは、戸惑う年齢《とし》なのでございますよ」

ほろ苦い笑いがこみ上げてきた。賢吾も毎年繰返される町奉行所の大騒ぎに、不惑を過ぎた今になって我慢ができなくなり、筆頭同心への年始に背を向けてきたところではないか。しかも、「では、どこへ行く」と自問自答した時に、八丁堀にかかわる人以外にたずねてゆくところが思い浮かばず、愕然《がくぜん》とした。俺はこの年齢《とし》まで何をしていたのかと、背筋が寒くなるような淋《さみ》しさをあじわったばかりだった。

与力衆にしたって、知り合いは八丁堀の中にしかいねえだろうからな。ま、深川には、遊女屋の亭主やら女将《おかみ》やら、顔馴染《かおなじ》みが大勢いるだろうけれど。

与力も同心も、四十になって、この年齢《とし》まで何をしていたのだろうと情けなくなって、必ず頭に浮かぶ四十不惑という言葉に、自分は八丁堀のほかは何も知らないのかと不安になる。武士の中に、自分は下情《かじよう》に通じていると自慢する者がいるが、あれは多分、知り合いは武士だけじゃないと、手前《てめえ》で手前《てめえ》を安心させているのだろう。が、町方は、ことに定町廻りは、下情に通じていなくては仕事にならない。それでも、正月に顔を見たい奴《やつ》は八丁堀の者にかぎられていると、四十になってやっとわかって、不安になるわ、町奉行所の役人の家に生れた不運を呪《のろ》うわというありさまで、今更どうにかなるわけでもなしと腹をくくる。御用納めの大祝いからはじまるばか騒ぎは、四十を過ぎてなお、戸惑いつづけている鬱憤《うつぷん》を晴らしているのかもしれない。

「お見受けしたところ、まだ四十には間があるお方と思いますが」

「四十一になった」

三十四、五と思っていたのだろう。又十郎は、一瞬、口を閉じた。

「お前さんと似たようなものさ。でなければ、元日早々、こんなところで足袋を濡らしちゃあいない」

「でも」

と、又十郎は言った。

「でも、旦那は足袋を濡らしただけでございましょう？　私は、賭場で知り合った人達の暮らしぶりを見て、商売一筋できた私が情けなくなったのでございます。錦絵《にしきえ》は婀娜《あだ》な女ばかりだが、それに辟易《へきえき》している人も多い筈《はず》、それと同じで、蔵前の旦那衆にはむしろ地味な色柄の煙草入れに凝った細工の留金をおつけしてはなどと、偉そうなことを言っておりまして。ええ、贅沢《ぜいたく》に飽きている旦那衆は、黒一色かと思うような地味な煙草入れを喜んで下さいました。それで私は、私ほど世を見る目を持った人間はいないとうぬぼれていたのでございます。が、賭場へ出かけまして、私ほど何も知らず、何もできない人間はいないと思い知らされました」

俺も得意技は十手《じって》捕縄《とりなわ》だけだと、賢吾は思った。夏になれば、うちわに露草や鮎《あゆ》を描き、慶次郎や晃之助や、玄庵などに配ったりもするが、師匠について習ったことはない。かつての又十郎の算盤と一緒で、絵筆と絵の具を使うのが好きなのである。ただ、賢吾の場合は、うちへこい、あずかって面倒をみてやると言ってくれる絵師がいなかったが。

「四十年間、何も知らなかった分を取り返そうと、私は、主人に内緒で月に二度開かれる賭場へ通いました。が、気がつくと、女房にも手を触れさせぬ手文庫《てぶんこ》の中に、借用証文が束になっておりました。期限は、昨年の大晦日《おおみそか》でございます」

我に返った時には、胴元の代理人だという男に三十両の金を渡して広小路を歩いていた。集めてきた掛金を渡してしまったのである。

「とりあえず店に戻りまして、主人には、そのお得意様が友人に名前をお貸しして、高利貸への返済というとんでもない騒ぎに巻き込まれ、一月《ひとつき》待ってくれと頼まれたと言訳をいたしました。誰も私の言葉を疑ってはおりませんが、私の嘘は、一月後にばれてしまいます」

「四十不惑ってえのが嘘だってことは、いまだにばれねえのにな」

又十郎は、低い声で笑った。

「そんなわけでございます。自訴をする覚悟はできましたものの、小伝馬町《こでんまちょう》の牢屋敷《ろうやしき》が恐しく、むりにでも半の目を出してやろうと、この河原まで逃げてまいりました」

が、河原には賢吾がいた。

又十郎は、賢吾の前に両手を差し出した。小伝馬町の牢獄に送られる覚悟もできたようだった。

「帰るよ、俺は」

と、賢吾は言った。

「ちょうど帰るところだったんだよ。帰って、年始に行かにゃならねえ」

又十郎は、気の抜けたような顔で賢吾を見た。差し出した手のやり場に困っているようでもあった。

「逃げろとは言わねえよ。が、自訴する前にすることがあるだろう。さんざん世話になった山西の先代に詫《わ》びを言いに行くとか」

又十郎の手が躯の両脇《りょうわき》に垂れた。

賢吾は、爪先にかけていた手拭いを懐に入れて立ち上がった。

山西の先代は、怒り狂うかもしれない。怒り狂って又十郎を番屋へひきずってゆくかもしれないが、それもやむをえないだろう。が、十中八、九、怒り狂ってもすぐに冷静さを取り戻す。山西の奉公人、それも番頭が、理由はどうあれ掛金に手をつけたなど、世間体を考えれば訴えられるものではない。又十郎の遣い込んだ金は、おそらく店が埋め合わせをする。ただ、そのあとの又十郎には、解雇や離縁が待っている。

算盤が好きでも、塩売りの天秤棒《てんびんぼう》か、引っ越しの荷車を相手にすることになるかもしれない。

四十を過ぎて、好きな商売から離れるのはつらいけどな。

又十郎が賢吾を呼んだ。一人にされると、逃げようか逃げまいか迷ってしまうと言いたいのかもしれなかった。

「賽子《さいころ》を投げてみな」

と、賢吾は堤の上から叫んだ。

「足許に、じゃねえぜ。川の中へだ。きっと、六の目に泥がついて、七になってるよ。早く山西の先代の家へ行けってえ目だ」

風のつめたさに身震いをして歩き出すと、向い側から凧揚《たこあ》げの子供達が駆けてきた。

解説

奥田瑛二

こいつはとんでもないへそ曲がりと見た。さて、どう演じるべきか――。

NHKドラマ『慶次郎《けいじろう》縁側日記』から出演の話をいただき、最初に原作を読んだときには、しばし考え込んだものだった。

何しろ、演じてほしいといわれた吉次《きちじ》は、とにかく強烈な人物だ。妹夫婦が営む蕎《そ》麦屋《ば》に居候《いそうろう》する岡《おか》っ引《ぴき》で、弱みをつかんだ町人を強請《ゆす》っては金を得ている鼻つまみ者。そのせいで、「蝮《まむし》の吉次」なんて異名までちょうだいしている。背中を丸めて歩く姿には、拭《ぬぐ》いようのない孤独と哀愁が染《し》み付《つ》いている。

主役の慶次郎をはじめ、この小説には存在感のある人物が続々と出てくる。でも、どのキャラクターよりもインパクトがあるのは、間違いなく吉次だった。ならば、演じるにあたってはその強烈な個性を際立《きわだ》たせなくちゃならないだろう。そう決意して役作りを進めることにした。

社会に対していつも斜に構えた、反抗的な人間なら、風貌《ふうぼう》からして他とは違っていたはず。だからまずは、髷《まげ》を結わない短髪姿で演じたいと監督に提案してみた。小説では、吉次が居候する蕎麦屋の二階の部屋というのは、足の踏み場もないほど散らかっているとされている。ちょうど、自分が大学時代を過ごした一九七〇年代の安下宿を思い起こさせるところもある。型にはまらない生き方をしていて、なおかつ度を越した無精者とくれば、江戸時代の人間とはいえ髷を結っていないほうが自然じゃないかと思ったのだ。

幸い、時代考証の上でも問題ないとの返事を、番組側からもらうことができた。さて、では衣装もこだわってやろうと、着物の袷《あわせ》は女性ものの赤い襦袢《じゅばん》でこさえてもらい、首には絹のマフラー、手にはブレスレット代わりの数珠《じゅず》を巻く現代的ないでたちにしてもらった。おかげで、画面のどこにいても異様に存在感が際立つ吉次が誕生したというわけだ。

外見の次は中身だ。時代劇の登場人物というのは普通、ある程度はっきりとした性格の色分けがしてあるものだ。善人は善人だし、悪人は悪人のまま。非人道的な人間として登場すれば、やはり最後まで非人道的だったりする。

しかし、吉次にはそれが当てはまらない。性格付けをするのも、相当に難しい役どいいように、われわれの隣にいる人間と同じように、いい面もあれば悪い面も持っている。ただ、情に厚い部分や自分の弱さは懐《ふところ》の奥深くにしまいこんで、強面《こわもて》なところ、情け容赦ないところばかりを表に出すから、周囲からは冷酷な人間として敬遠される。吉次の言動の端々から、そういう雰囲気が滲《にじ》み出ている。

こんなに含みのある人間は、時代劇の世界にはかっていなかったのではないだろうか。演じる側としては、いろいろと考えるべきことが多い役柄だ。感情の揺れや心の葛藤《かっとう》をあまり表に出すと、アウトローとしての吉次らしさがなくなってしまう。しかし、彼の内側にある弱くて繊細な部分を押し殺してしまえば、小説に描かれているような陰影のある吉次の像からは遠ざかってしまう。人間的な弱みをどれくらい出すべきか、また出さざるべきか、微妙な綱引きを繰り返しながら演じ続けていた。

吉次をはじめ、いつもは脇《わき》を固める人間が主役に回るこの『脇役　慶次郎覚書』を読んでしまうと、いっそう役者としての悩みは深まってしまう。八幕あるうちの一つ、「吉次」では、もちろん吉次が主人公。そこには、彼の人間味がいつになくたっぷりと描かれている。

例えば、こんな場面が印象に残る。妹夫婦に子供ができたことを聞いて動揺した吉次は、夜中に家を飛び出して、大川端に辿《たど》り着く。そして、気づけば川面《かわも》にふらふらと吸い込まれそうになっている。

「まさか、俺は……」

ここへ飛び込むつもりで歩いてきたんじゃねえだろうな。

よせやい。

幸せな家庭の邪魔者になるのが嫌で、無意識に自殺の道へ近づいてしまう……。たやすく情になど流されないはずの吉次のイメージが、大きく揺らいでしまうシーンだ。その後、夢うつつにかつての女房、おみつと再会するような話になり、そこでもどんな行動に出ればいいのかよく分からず、胸中で葛藤を繰り返す。「なんだ、吉次にもかわいいところがあるじゃねえか」。僕を含めて、そう思った読者は多いはずだ。

これまでは垣間見《かいまみ》ることしかできなかった彼の内面が、克明に描かれていく。『脇役』を読んだことで、吉次の裏の顔——いや、むしろこちらが本当の素顔だろうか——を、はっきりと知ることができた。役作りをする前にこの一編を読み込んでいたら、おそらくドラマの中の吉次には、僕が得意とする「ダメ男」っぽい部分を、もっとつけ加えていただろうと思う。表面上は頑として弱みを見せない男というぎりぎりのラインをキープしながら演じていたが、それが揺らいだかもしれない。

冷酷な吉次と弱い吉次。どちらを演じるのがよかったのか。それは分からない。ただ、ドラマの中でも小説シリーズの中でも、普段の吉次はあくまでも脇役である。ということは、あまり多面的な性格を表さなくて正解に思える。

僕が考える芝居の原則には、脇役は筋の通った性格や雰囲気を堅持し、最後まで押し通すべきというものがある。『脇役』の「吉次」で描かれているような混沌《こんとん》とした性格をそのまま演じようとすると、それは主役の芝居になってしまうのだ。

多面性を打ち出すのは、主役だけにしなければいけない。強いところと弱いところ、生真面目《きまじめ》な性格とユーモラスな姿、そういうものを一つの人格から自在に繰り出していけるのが、主役の演技というものだ。「慶次郎縁側日記」シリーズの場合、そうした姿を見せるのはもちろん、高橋英樹《たかはしひでき》さんが演じる慶次郎その人である。脇役の吉次には、シンプルな性格付けのほうがふさわしい。そう考えて、僕は吉次としてやってきたつもりだ。

この主役と脇役の原則は、小説作品としての「慶次郎」シリーズでもきっちり守られているように見える。作中、大きく揺れ動く心の動きをはっきりと見せるのはやはり慶次郎である。「仏の慶次郎」と呼ばれる彼は、娘を自害に追いやった相手に対して「殺してやる」と凄《すご》む姿も読者の前にさらしている。振り幅の大きい人間だから、主役として読む者を引き付けられる。一方で、吉次や他の脇役たちの内面については、ほのかに感じ取れる程度に絶妙なさじ加減でとどめてある。

それが『脇役』では、見事に立場を逆転させてあるのが面白い。吉次も辰吉《たつきち》も佐七《さしち》も、背負ってきた人生と心の奥底を、惜しみなく披露している。心の中を知ってしまえばつい演技に盛り込みたくなるから、役者としては何とも悩ましい。しかし、「慶次郎」シリーズの読者の一人に立ち返れば、全編とも大いに興味をそそられる話ばかりである。

これはシリーズ全体を通して言えることだが、さまざまな人物が登場する群像劇として全体のバランスを取りながら、主役は主役として存在感を発揮させ、同時に脇役の一人ひとりも粒立たせる北原亞以子《あいこ》さんの人物の描き方には、感嘆するより他ない。また、人物がこれだけ生き生きと動けるのは、舞台となる江戸の世界を見事に現出させているという点も大きいのだろう。北原作品はよく「映像が浮かんでくる」と称されるが、まったくその通りだと思う。こういう作品は、役者としてもとても演じやすいものだ。

なぜなら役者は、原作や脚本に書かれていることを基《もと》に想像を膨らませて、演じる人物像を作り上げていくものだからだ。北原さんの小説には、この想像力を発揮するための手がかりがたくさんある。当時の裏路地の狭苦しさだとか、隣人の声も筒抜けだった長屋の猥雑《わいざつ》さ、古着屋や一杯引っ掛ける店が立ち並ぶ町の様子が、まるでさっき見てきたかのように描写されている。武士の世界を書いているのに、全く刀を抜かないのもリアリティがある。実際にも、慶次郎のような役人が刀を抜くことは、めったになかったようだ。

そんなリアルな江戸の町に吉次を置いてみれば、たちまち彼が歩いていくときの背中の丸め具合まで、手に取るように浮かびあがる。後は、それをロケ先や撮影スタジオで具現化していけばいい。芝居をする段には、すでにイメージがはっきりとできているから、「江戸人としての吉次」になることは難しいことではなかったのである。

最後に一つ。吉次を演じる上で、僕が最も悩み抜いたことがあった。「果たして吉次は、女にもてたのか、もてなかったのか」。笑われるかもしれないが、僕にとっては吉次という人間を考える上で、とても重要なことに思えたのだ。小説の中に答えは書いてなかったので、自問自答してみた。町中から忌《い》み嫌《きら》われていても、もてる奴《やつ》はもてる。寄ってくる女だっていたんじゃないか。でも、自分に近づく女が評判を落とすことまで考えて、むやみに懇《ねんご》ろになることはしなかったかもしれないな、などと。

結果、もてたに違いないと決め付けて演じることにした。髪型や衣装を型破りなものにしたいきさつとも通じるのだが、僕は吉次に強いダンディズムを感じ取っていたし、そういう男を演じたかったのだ。

ぜひ吉次は、女にもてる男であってほしい。この点で、吉次の生みの親たる北原さんと、意見が分かれないことを願うばかりだ。

平成十八年八月

（おくだ　えいじ／俳優・映画監督）

＊新潮文庫版に掲載されたものを再録しています。

脇役《わきやく》
慶次郎覚書《けいじろうおぼえがき》

朝日文庫

2024年 1月30日　第1刷発行

著　者　北原亞以子《きたはらあいこ》

発 行 者　宇都宮健太朗
発 行 所　朝日新聞出版
〒104-8011　東京都中央区築地5-3-2
電話　03-5541-8832(編集)
03-5540-7793(販売)
印刷製本　大日本印刷株式会社

© 2006 Matsumoto Koichi
Published in Japan by Asahi Shimbun Publications Inc.
定価はカバーに表示してあります

ISBN978-4-02-265136-5
落丁・乱丁の場合は弊社業務部(電話 03-5540-7800)へご連絡ください。
送料弊社負担にてお取り替えいたします。

細谷正充・編／宇江佐真理／北原亞以子／杉本苑子／半村良／平岩弓枝／山本一力／山本周五郎・著

情に泣く

朝日文庫時代小説アンソロジー　人情・市井編

失踪した若君を探すため物乞いに堕ちた老藩士、家族に虐げられ娼家で金を毟られる旗本の四男坊など、名手による珠玉の物語。《解説・細谷正充》

細谷正充・編／池波正太郎／梶よう子／杉本苑子／竹田真砂子／畠中　恵／山本一力／山本周五郎・著

おやこ

朝日文庫時代小説アンソロジー

養生所に入った浪人と息子の嘘「二輪草」、歌舞伎の名優を育てた養母の葛藤「仲蔵とその母」など、時代小説の名手が描く感涙の傑作短編集。

細谷正充・編／青山文平／宇江佐真理／西條奈加／澤田瞳子／中島　要／野口　卓／山本一力・著

なみだ

朝日文庫時代小説アンソロジー

貧しい娘たちの幸せを願うご隠居「松葉緑」、親子三代で営む大繁盛の菓子屋「カスドース」など、ほろりと泣けて心が温まる傑作七編。

細谷正充・編／朝井まかて／折口真喜子／木内　昇／北原亞以子／西條奈加／志川節子・著

わかれ

朝日文庫時代小説アンソロジー

武士の身分を捨て、吉野桜を造った職人の悲話「染井の桜」、下手人に仕立てられた男と老猫の友情「十市と赤」など、傑作六編を収録。

細谷正充・編／朝井まかて／宇江佐真理／梶よう子／小松エメル／西條奈加／平岩弓枝・著

いのり

朝日文庫時代小説アンソロジー

隠居侍に残された亡き妻からの手紙「草々不一」、紙屑買いの無垢なる願い「宝の山」、娘を想う父の決意「隻腕の鬼」など珠玉の六編を収録。

朝井まかて／安住洋子／川田弥一郎／澤田瞳子／山本一力／山本周五郎／和田はつ子・著／末國善己・編

いのち

朝日文庫時代小説アンソロジー

江戸期の町医者たちと市井の人々を描く医療時代小説アンソロジー。医術とは何か。魂の癒やしとは？　時を超えて問いかける珠玉の七編。

菊池仁・編／有馬美季子／志川節子／中島要／南原幹雄／松井今朝子／山田風太郎・著

吉原饗宴

朝日文庫時代小説アンソロジー

売られてきた娘を遊女にする裏稼業、身請け話に迷う花魁の矜持、死人が出る前に現れる墓番の爺など、遊郭の華やかさと闇を描いた傑作六編。

今井絵美子／宇江佐真理／梶よう子／北原亞以子／坂井希久子／平岩弓枝／村上元三／菊池仁編

江戸旨いもの尽くし

朝日文庫時代小説アンソロジー

鰯の三杯酢、里芋の田楽、のっぺい汁など素朴で旨いものが勢ぞろい！ 江戸っ子の情けと絶品料理に癒される。時代小説の名手による珠玉の短編集。

中島要／坂井希久子／志川節子／田牧大和／藤原緋沙子／和田はつ子［著］

家族

朝日文庫時代小説アンソロジー

姑との確執から離縁、別れた息子を思い続けるおつやの情愛が沁みる「雪よふれ」など六人の女性作家が描くそれぞれの家族。全作品初の書籍化。

朝井　まかて

グッドバイ

《親鸞賞受賞作》

長崎を舞台に、激動の幕末から明治へと駆け抜けた伝説の女商人・大浦慶の生涯を円熟の名手が描く、傑作歴史小説。《解説・斎藤美奈子》

木内　昇

化物蝋燭《ばけものろうそく》

当代一の影絵師・富右治に持ち込まれた奇妙な依頼（「化物蝋燭」）。長屋連中が怯える若夫婦の正体（「隣の小平次」）など傑作七編。《解説・東雅夫》

北原　亞以子

傷

慶次郎縁側日記

空き巣稼業の伊太八は、自らの信条に反する仕事をさせられた揚げ句、あらぬ罪まで着せられてお尋ね者になる。《解説・北上次郎、菊池仁》

朝日文庫

北原　亜以子
再会
慶次郎縁側日記
岡っ引の辰吉は昔の女と再会し、奇妙な事件に巻き込まれる。元腕利き同心の森口慶次郎が活躍する人気時代小説シリーズ。《解説・寺田　農》

北原　亜以子
雪の夜のあと
慶次郎縁側日記
元同心のご隠居・森口慶次郎の前に、かつて愛娘を暴行し自害に追い込んだ憎き男が再び現れる。幻の名作長編、初の文庫化！《解説・大矢博子》

北原　亜以子
おひで
慶次郎縁側日記
元同心のご隠居・森口慶次郎は、自らを出刃庖丁で傷つけた娘を引き取る。飯炊きの佐七の優しさに心を開くようになるが。短編一二編を収載。

北原　亜以子
峠
慶次郎縁側日記
山深い碓氷峠であやまって人を殺した薬売りの若者は、過去を知る者たちに狙われる。人生の悲哀を描いた「峠」など八編。《解説・村松友視》

北原　亜以子
蜩《ひぐらし》
慶次郎縁側日記
嫌われ者の岡っ引「蝮の吉次」が女と暮らし始めた！　吉次の義弟を名乗る男も現れ、騒動に巻き込まれる「蜩」など一二編。《解説・藤田宜永》

北原　亜以子
隅田川
慶次郎縁側日記
慶次郎の跡を継いだ晃之助は、沈み始めた船から二人の男を助け出す。幼なじみ男女四人の切ない人生模様「隅田川」など八編。《解説・藤原正彦》